ARIANE

HARD RESET: DÄMONEN DER VERGANGENHEIT

ILLUSTRIERT VON
REI AISLING

BY PANDORYA

FISCHER

Aus Verantwortung für die Umwelt hat sich der Fischer Kinder- und Jugendbuch Verlag zu einer nachhaltigen Buchproduktion verpflichtet. Der bewusste Umgang mit unseren Ressourcen, der Schutz unseres Klimas und der Natur gehören zu unseren obersten Unternehmenszielen

Gemeinsam mit unseren Partnern und Lieferanten setzen wir uns für eine klimaneutrale Buchproduktion ein, die den Erwerb von Klimazertifikaten zur Kompensation des CO_2-Ausstoßes einschließt

Weitere Informationen finden Sie unter: www.klimaneutralerverlag.de

FSC
www.fsc.org
MIX
Papier aus verantwortungsvollen Quellen
FSC® C084279

Originalausgabe

Erschienen bei FISCHER New Media
Frankfurt am Main, Juni 2023

Die Figur, die Pandorya im Roleplay spielt, ist inspiriert von der gleichnamigen Titelfigur des Dating-Simulator-Games »Date Ariane«. Dieses Buch ist jedoch kein offizielles Lizenzprodukt von »Date Ariane« oder ein in sonstiger Form mit »Date Ariane« verbundenes Produkt.

Hedderichstraße 114, 60596 Frankfurt am Main
Texte: Pandorya
Redaktionsassistenz: Nikulus
Umschlag- und Innenillustrationen: Rei Aisling
Satz: Dahlhaus & Blommel Media Design, Vreden
Druck und Bindung: Print Consult GmbH, München
Printed in Slovakia
ISBN 978-3-7335-5030-1

Pandorya veröffentlicht seit 2012 Let's Plays auf ihrem YouTube-Kanal. Ihre Community feiert sie für ihre herzliche und offene Art bei den Live-Streams auf Twitch, wo sie am liebsten Gruselspiele und außergewöhnliche Indie-Titel zockt. Seit 2020 begeistert Pandorya ihre Zuschauer mit dem GTA5-Roleplay auf dem LuckyV-Server mit ihrer Figur der Ariane. Pan liebt Cosplay, Anime und Mangas. Ihr liebstes Reiseziel ist Japan, welches sie schon einige Male besuchen durfte.

Rei Aisling hat die Leidenschaft fürs Zeichnen schon früh für sich entdeckt und liebt es mit Bildern Geschichten zu erzählen. Nach einer Ausbildung zur Grafik- und Kommunikationsdesignerin arbeitet sie als selbständige Illustratorin und teilt ihre Werke auf ihren Social-Media-Kanälen.

Vorwort

»Und ich hoffe, ich darf sie in Zukunft weitererzählen.«

Dies war der letzte Satz im Vorwort zu Band 1.

Zu dieser Zeit habe ich mir das zwar gewünscht, aber nie für möglich gehalten. Doch du hältst gerade Band 2 in den Händen. Vielen Dank an alle, die Band 1 gekauft haben. Ohne euch hätte es diese Fortsetzung nicht gegeben. Ich bin überglücklich und sehr aufgeregt, da es dieses Mal eine tolle Änderung gibt. Im Spiel selbst ist man eingeschränkt, was Emotionen, Gedanken und Rückblicke angeht. Vieles muss man sich dazudenken, einiges passiert nur in den Köpfen der Charaktere.

Im Manga haben wir dagegen kreative Freiheit und können uns da voll ausleben. Diesen Vorteil wollte ich diesmal nutzen.

Während in Band 1 Szenen und Dialoge direkt aus den Videos entnommen wurden, habe ich das Skript zu Band 2 komplett aus der Erinnerung geschrieben. So konnte ich Dinge zusammenfassen, den Charakteren noch mehr Tiefe verleihen und euch an Arianes Gedanken (… und mehr) teilhaben lassen.
Sämtliche Dialoge wurden in direkter Absprache mit den Spielern der Charaktere verfasst. Das war mir sehr wichtig.

Ich wusste, wie Band 2 enden wird. Der Weg dorthin allerdings …
Nun, lasst euch überraschen. :)

Das Leben hinterlässt bei jedem Spuren. Erfahrungen und unsere Umgebung formen uns. Menschen treffen Entscheidungen, die für andere im ersten Moment nicht nachvollziehbar sind. Sie treffen sie, weil sie oft aus der Erfahrung heraus handeln.

Mehr kann ich euch, ohne zu spoilern, nicht verraten.

Ariane hat zwar eine komplette Background-Story, ihr Weg allerdings war nie vorgegeben. Mir war bei ihr immer wichtig, dass die Stadt, die Geschichten und die Charaktere sie mit der Zeit formen.

Ich wünsche Euch viel Spaß beim Lesen!
Doch seid gewarnt, es wird dunkel.

PANDORYA

SNIEF
SNIEF
WIESO HAST DU MICH ALLEINE GELASSEN?
HNG
ARIANE … ES IST SO DUNKEL HIER … WO BIST DU?
ICH BIN DOCH HIER.
BOB …

NUR SIE ...
W- WAS?
ALLEINE SIND SCHULD!
NEIN!
SAG MAL, IST DAS NICHT DIE BARNES?
HE HE HE

DIE GLAUBT WIRKLICH ALLES, WAS MAN IHR SAGT.
SO EIN DUMMERCHEN.
HATTEST DU NICHT MAL WAS MIT DER?
HAHA
NEIN… BITTE…
HAHA
LARRY?
ARI …
LARRY!!

DEINET-WEGEN HABE ICH MEINEN JOB VERLOREN.
ES ...
... TUT MIR ...
... SO ...
... LEID ...

ARIANES WOHNUNG
GASP
KAPITEL 1
ALBTRÄUME
PUH
HUFF
HUFF
HUFF
EIN TRAUM ... DAS WAR NUR EIN TRAUM ...

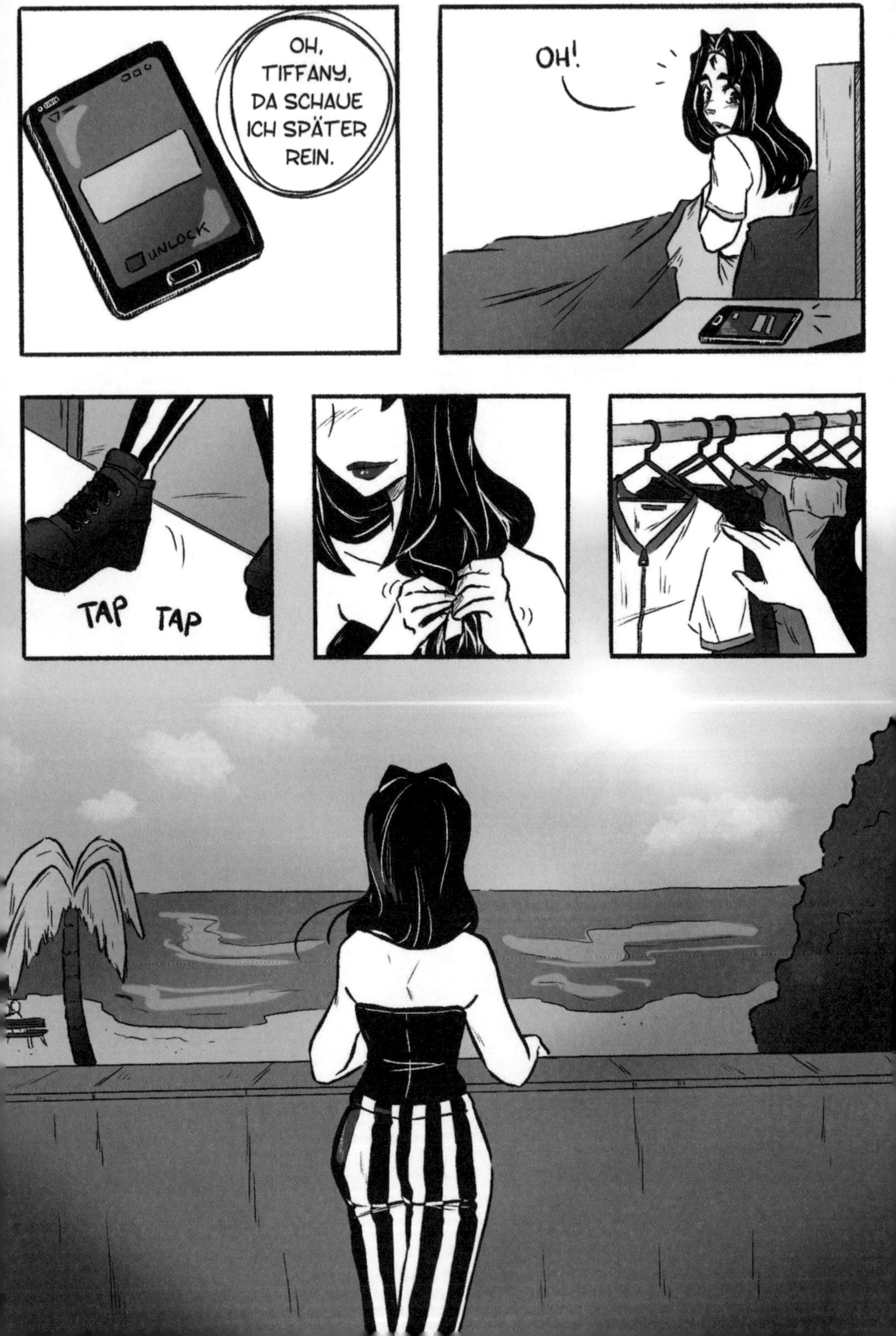
OH, TIFFANY, DA SCHAUE ICH SPÄTER REIN.
UNLOCK
OH!
TAP TAP

DIE LETZTEN FÜNF MONATE ...
... WAREN WUNDERSCHÖN.
ARI?!
AU!
WIR HABEN VIEL UNTER-NOMMEN UND GELACHT.
BAD
KÜCHE
WIR WOHNEN NUN ZUSAMMEN, TEILEN UNSER LEBEN MITEINANDER.
GRUSEL-WUSEL-BETT-MONSTER
AH!
UNGLAUBLICH, DASS SCHON SO VIEL ZEIT VERGANGEN IST.

...
OH!
RIIING
RIIING
VOR DEM LSPD
GUTEN MORRRRRRGEN, ARIANE, WENN DU SCHON IMMER MAL EINE GEILE SAU IN UNIFORM SEHEN WOLLTEST, DANN SEI IN FÜNF MINUTEN VOR DEM LSPD.
FEE, ICH BIN MIT LARRY ZUSA-
MENSCH, ARIANE! VERTRAU MIR DOCH MAL! JETZT NIMM DEN STOCK AUS DEM ARSCH UND KOMM VORBEI.
ARIANEEEEEE, DREH DICH DOCH MAL UM!

VERDAMMT HEIß AUS? ICH WEIß.
WOOOOW! FEE, DU SIEHST-
NAA?
OKAY, TSCHÜSS FEE...
UND ICH MUSS AUCH SCHON WIEDER WEG, VERBRECHER JAGEN UND SO 'NEN SCHEIß.
... MULTIPLE SCHUSS-VERLETZUNGEN AM KÖRPER.
BEERDI-GUNG ...
VIELEN DANK, DANN KANN DIE FAMILIE NUN DIE BEERDIGUNG PLANEN.
DEN AUTOPSIE-BERICHT BEKOMMEN SIE NATÜRLICH NOCH.

AH!
DONK
BOB ...
ICH WAR VÖLLIG IN GEDANKEN UND ...
AH ... ES TUT MIR LEID!
LARRY!
HOWDY, HÜB-SCHE LADY. WAS MACHST DU DENN HIER?
SHERIFF
...
FEE WOLLTE MICH KURZ TREFFEN, SIE IST JETZT AUCH POLIZISTIN.
JEP, ICH WAR HEUTE AUF STREIFE MIT IHR. SIE IST GANZ COOL.

...
...
SKINNER, WIR MÜSSEN LOS!
GRML ...
DU, LARRY, ICH WÜRDE BOB GERNE BEERDI-
...
BIS SPÄTER, ARI!
VIELLEICHT KANN ICH JA MIT TIFFANY DARÜBER REDEN ...

VOR TIFFANYS HAUS
ARIANE? HALLO!
DU SIEHST TRAURIG AUS, ALLES OKAY? KOMM ERST MAL REIN …
DANKE …
ICH … MUSS HEUTE NICHT ZUR ARBEIT, WIR HABEN ALSO KEINEN ZEITDRUCK. WAS IST DENN LOS?
SAG MAL, MUSSTEST DU SCHON MAL JEMANDEN BEERDIGEN?
NEIN …

HAST DU MAL LARRY GEFRAGT?
ICH MÖCHTE BOB BEERDIGEN LASSEN, ABER ICH WEIß NICHT, WIE MAN SO ETWAS PLANT.
RÄUMST DU EIGENTLICH DEINE WOHNUNG UM?
OH, VERDAMMT! ICH MUSS DA KURZ RANGEHEN.
ZEHN VERPASSTE ANRUFE VON OMA?!
RIIIING
ARIANE, ES GIBT DA ETWAS, ÜBER DAS ICH MIT DIR REDEN MUSS ...

D-DEIN HERZ?!
ARIANE, ES IST WICHTIG! MEIN HERZ! TRIFF MICH AM STADTPARK UND BEEIL DICH BITTE!
NATÜRLICH. NICHT DASS IHR ETWAS PASSIERT IST ...
TIFFANY, ICH MUSS SCHNELL ZU OMA. KÖNNEN WIR SPÄTER REDEN?
...
SEUFZ
ICH MELDE MICH BEI DIR!

STADTPARK
KAPITEL 2
NEUE FREUNDE
MIR GEHT ES WUNDERBAR, LIEBES. SETZ DICH DOCH ZU MIR.
OMA, WAS IST PASSIERT?! GEHT ES DIR GUT?
HUFF
HUFF
OMA?
HUFF
HUFF
DU WEIẞT DOCH, DASS ICH VOR EINIGER ZEIT EINEN MANN KENNENGELERNT HABE, RICHTIG?
ABER ... WAS IST DENN PASSIERT?
NUN, ER HAT MICH HEUTE GEFRAGT, OB ICH SEINE FRAU WERDEN MÖCHTE.
NATÜRLICH, WIESO FRAGST DU?

ICH HABE ... NEIN GESAGT.
WAS HAST DU GE- ANTWORTET?
WAAAAS??
HA HA HA
???
...
WAS? OH ... ALSO ... DAS ...
OOOOH!
DU UND DEIN HOWDY-MANN SEID NATÜRLICH ZUR HOCH-ZEIT EINGE-LADEN.
HA HA
DU HÄTTEST DEIN GESICHT SEHEN MÜSSEN! NATÜRLICH HABE ICH JA GESAGT.
HI HI HI
ICH MUSS MIR UNBEDINGT EIN SCHÖNES KLEID KAUFEN!
OMA, DANKE FÜR DIE EINLADUNG. WIR WERDEN DA SEIN. ICH FREUE MICH FÜR DICH!

HI HI HI
DANKE, OMA, DU BIST DIE BESTE!
KAUF DIR DAVON WAS HÜBSCHES, LIEBES.
VOR DEM APHRODISYA
SCREECH
W-W...
HM?

NEUERÖFFNUNG
aphrodisya
WOOOOW!
OH, SIEH MAL!
TOLL!
JA, PASST DOCH?
JA, VIELLEICHT WENN MAN EIN 80-JÄHRIGER LEDERLAPPEN IST!
HALT DIE SCHNAUZE, DAS SIEHT GEIL AUS!
DAS SOLL ICH ANZIEHEN? DAMIT SEHE ICH AUS WIE EINE OMA!
WAS?! DAS NIMMST DU SOFORT ZURÜCK, SONST FÄNGST DU DIR GLEICH EINE!
STREITET DA ETWA EINER MIT SEINER OMA… IN DER UMKLEIDE!?
DIESE STIMMEN… KOMMT DAS VON NEBENAN?

HM?
NICHTS PASST … ODER ES IST ZU TEUER …
SEUFZ
OH, VERDAMMT …
KEINS MEHR DA …
SALE
SOLANGE DER VORRAT REICHT
AAH, WIE SCHÖN!
OOOOOH!
ENTSCHULDIGUNG, MIR PASST DIESES KLEID NICHT, ES IST DAS LETZTE AUS DIESEM REGAL. SIE KÖNNEN ES HABEN.
HM? DIE STIMME AUS DER UMKLEIDE …?

WOW, SIE …
SIE SIND
WUNDERSCHÖN!
VIELEN DANK!
SO ISSES, DANKE SCHÖN. MEIN NAME IST ÜBRIGENS MAX. ICH BIN EINE DRAGQUEEN.
ICH HEIẞE ARIANE, FREUT MICH, DICH KENNENZU-LERNEN, MAX.
HALLO, FREUT MICH, SIE …
CHILL, ICH HAB MICH MIT ARIANE UNTER-HALTEN.
MAX, WO BLEIBST DU DENN SO LANGE?

ICH BIN BARBARA BAHM, ZUKÜNFTIGE BÜRGERMEISTERIN UND DROGENBEAUFTRAGTE VON LAS SONTAS. ICH WERDE DAFÜR SORGEN, DASS LAS SONTAS ENDLICH MAL EIN ORT IST, IN DEM MAN GERNE LEBT. IM GEGENSATZ ZU NEW YORK IST DAS HIER EIN RICHTIGES DRECKSLOCH! HABEN SIE SCHON MAL DIE STRAßENFÜHRUNG GESEHEN? ABSOLUTER ALBTRAUM! UND WUSSTEN SIE AUCH, DASS ALLEINERZIEHENDE MÜTTER IN LAS SONTAS KEINE UNTERSTÜTZUNG VOM STAAT BEKOMMEN? NE, ALSO DA MUSS JEMAND NEUES DIE SACHE IN DIE HAND NEHMEN, UND DIESER JEMAND BIN NATÜRLICH ICH!
ÄH ...
SIE WERDEN DOCH BESTIMMT FÜR MICH STIMMEN, ODER?
JA, EHM ... NATÜR-LICH!
MIR GEFÄLLT DEIN STYLE! WENN DU MAL MIT MIR ZU-SAMMEN SHOPPEN GEHEN MÖCHTEST, RUF MICH EINFACH AN.
GERNE! VIELEN DANK!
HIER, MEINE NUMMER.

RIIIING
BIS BALD!
MACH'S GUT, ARIANE!
TIPP TIPP
HOWDY, LADY, ICH MACHE GLEICH FEIERABEND. ICH BIN IM PD BEI EINER BESPRECHUNG.
OH, DAS TRIFFT SICH GUT. ICH WOLLTE SOWIESO GLEICH ZUM PD, MEINE DATEN AKTUALISIEREN.
DAS PASST SUPER! BIS GLEICH, HÜBSCHE LADY.
OH!

HALLO, ARIANE, HOLST DU WIEDER HERRN SKINNER AB?
HALLO, FRAU COLLINS!
HM?
OH, ACH SO, VERSTEHE ...
JA, HABE IHN DIE LETZTEN TAGE NICHT OFT GESEHEN, SIE WISSEN JA, DIE ARBEIT ...
ARIANE!
... KENNEN ZU-
KRACH
HALLO, ICH BIN ARIANE. FREUT MICH, DICH ...
NICHT ANLEHNEN! LOSE SCHRAUBEN!

AAH!
NICHT ANLEHNEN!
HUH?
ARIANE!
AAAAHH!

DU MUSST EINEN SCHUTZ-ENGEL GE-HABT HABEN!
ARIANE, ALLES IN ORDNUNG?
JA, MIR GEHT'S GUT!
AUTSCH...
WÄH, SÜPER-WOMAN ODER SON. BIST DU EINEN SÜPER-HELDÖN?
FLIEGENDE FRAUEN?
OHAAAN, WIE COOLN, DEN WAR WIE AUS DEN FILMEN MIT DEN FLIEGENDEN FRAUEN.
ICH BIN DAVID LEROY!
EHM ... NICHT WIRKLICH ...

GRRRR
TAP
TAP
TAP
ICH BIN KEINE SUPER-HELDIN!!
KANNST DU MIR DEN FLIEGEN BEIBRINGEN?!
SIEHT DAS HIER ETWA WIE EIN SPIELPLATZ AUS? DAS PD-ABENTEUER-LAND ODER SO? BEVOR SIE WEITER UNFUG ANRICHTEN: **RAUS HIER!**
FRAU BAAAARNES...
SCHAUDER
FRAU BARNES! ANSTATT MIR **DANKBAR** ZU SEIN, DASS ICH IHREM LARRY NICHT GEKÜNDIGT HABE, BLAMIEREN SIE MICH?! **DAS** WERDE ICH MIR MERKEN ...

UND DANN SIND **SIE** DARAN SCHULD!
...
JA, ER KANN EINEM SCHON ANGST MACHEN ...
WENN ES EINEN SÜPERSCHURKEN GEBEN WÜRDE, WÄREN ES DEN WALTER WEISS!
HUH?
ARIANE, SOLL ICH UNSER LIED SINGEN?
ALLES OKEEN? SOLL ICH DIR EIN LIED ZUR ABLENKUNG VORSINGEN?
HOWDY, LADY.
...
NEIN ... EHM ...
ICH HOFFE, DU MUSSTEST NICHT LANGE WARTEN?
LARRY!

TSCHÜSS, DAVID, MAN SIEHT SICH BESTIMMT IRGEND-WANN NOCH MAL.
SALUT, ARIANEN!
DIE ZEIT VERGING QUASI WIE IM FLUG.
SCHMU~
BITTE SCHÖN ...
DANKE, HERR SKINNER.
HI HI
ABER BEVOR WIR NACH HAUSE FAHREN, MUSS ICH NOCH ETWAS ERLEDIGEN.
DODOM
DODOM
DODOM
... FRAU SKINNER.
WINK

RUBY CARS
WILLKOMMEN, HERR SKINNER.
HOWDY!
ÄH...?
ICH DARF SIE BEGLÜCKWÜNSCHEN, IHRE ELLIE IST HEUTE EINGETROFFEN.
DIE RECHNUNG ÜBER 78.500$ KÖNNEN SIE MIT IHRER KARTE VORNE AM SCHALTER TÄTIGEN.
ES GIBT NUR SIEBEN MODELLE DIESER ART IN LAS SONTAS. EIN SEHR SELTENES AUTO.
SIE KÖNNEN DAS AUTO DIREKT MITNEHMEN. IHREN KALAHARI FAHREN WIR ZU IHREM WOHNSITZ.

78.000 $ ...?
WAS PASSIERT HIER!?
BIEP
HÖ HÖ
HABE AUCH LANGE DARAUF GESPART. NUR ...
WOOOOW, DAS AUTO SIEHT SO TOLL AUS!
ARI, ICH MÖCHTE, DASS DU IHR EINEN NAMEN GIBST.
ICH? ABER ES IST DOCH DEIN AUTO ... SOLL ICH WIRKLICH?
EIN NAME FEHLT.
HMM...

ALSO GUT.
DAS AUTO HAT DIE FARBE EINER KIRSCHE.
NICK
YEP, DAS GE-FÄLLT MIR.
WIE WÄRE ES MIT SHERRY?

ICH ZIEH MICH MAL UM!
HM-HM-HM ~
SEIT DEM VORFALL AM PIER DAMALS GEHT MIR DER CHIEF IMMER MEHR MIT DER ARBEIT AUF DEN SACK.
LARRY ... ICH WOLLTE DICH ETWAS FRAGEN ...
FRAG RUHIG.

ARI, MACH DIR KEINE SORGEN! IST SCHON EINE WEILE HER.
DAS … DAS TUT MIR LEID! ICH … DU HAST MIR DAS NIE …
JA, MEINEN VATER.
MUSSTEST DU … SCHON MAL JEMANDEN BEERDIGEN?
ICH KENNE DA EINEN ORT. ES WÜRDE EUCH SICHER GEFALLEN.
JA, … ABER ICH WEIß NICHT, WIE UND WO…
DENKST DU DARÜBER NACH, BOB ZU BEERDIGEN?
AN AMERICAN DIVORCE
AN AMERICAN DIVORCE

WÜRDEST DU ... EIGENTLICH NOCH MAL HEIRATEN WOLLEN?
HM ... DAS KANN ICH DIR GERADE NICHT BE-ANTWORTEN.
SCHMU♡
ABER ... HMM ...
?
Z Z Z

ARIANE
...
KAPITEL 3
KENTUCKYS GROßE NUMMER
LIEBE?! BIST DU VERRÜCKT? DAS WAR EINE NACHT, BILDE DIR MAL NICHTS EIN!
ODER HAST DU SIE AUFGE-GEBEN?
HAST DU NOCH TRÄUME, ARIANE?
SIE KANN DOCH NICHTS DAFÜR!
FRAUEN SIND SCHWACH, ICH KANN SIE NICHT GEBRAUCHEN!

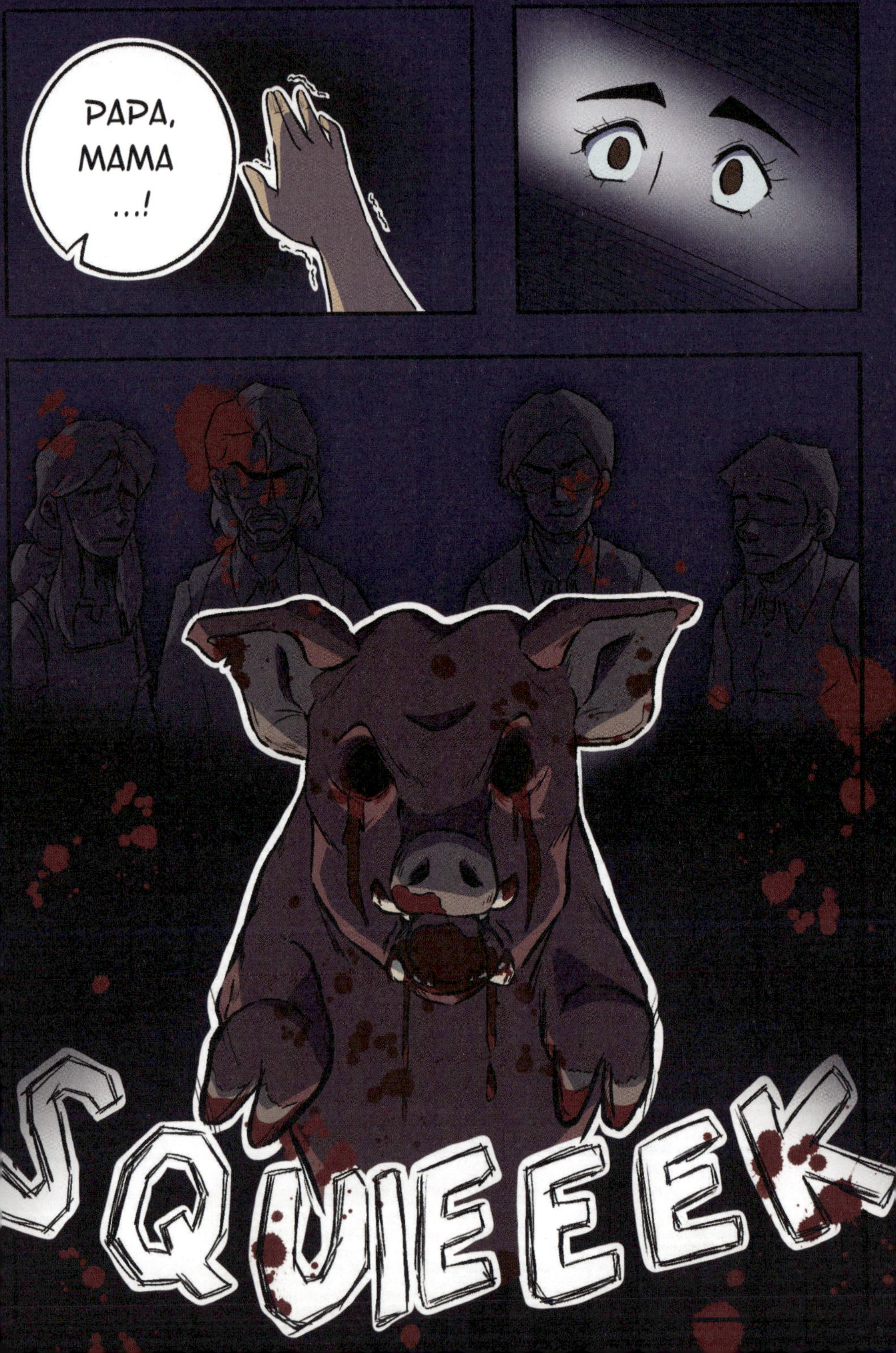
PAPA, MAMA ...!
SQUEEEK

AAAH!
TAPS
TAPS
HUFF
HUFF
HUFF
HOWDY, LADY.
ICH HAB EINEN ANRUF BEKOMMEN UND MUSSTE LEIDER SOFORT LOS.
WIR FRÜHSTÜCKEN BALD MAL WIEDER GEMEINSAM, VERSPROCHEN!
O)—✱ LARRY.

BIEP
BIEP
TIFFANY
...
TINY ITALY
TIFFANY, HAST DU HEUTE VIELLEICHT ZEIT? ICH MUSS MIT DIR REDEN.
NATÜRLICH. ICH AUCH MIT DIR, LASS UNS ETWAS BEIM TINY ITALY ESSEN.

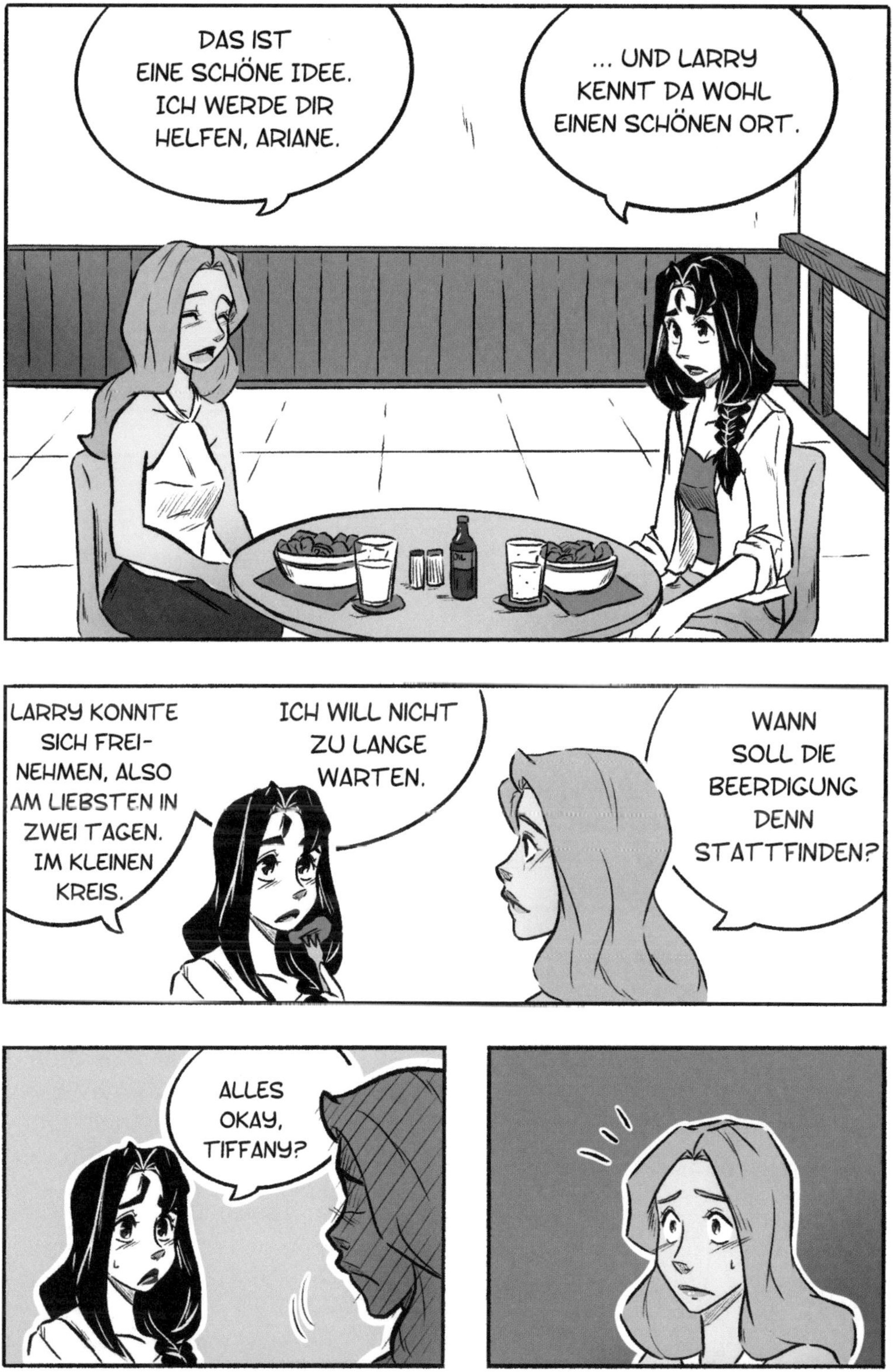
DAS IST EINE SCHÖNE IDEE. ICH WERDE DIR HELFEN, ARIANE.
... UND LARRY KENNT DA WOHL EINEN SCHÖNEN ORT.
WANN SOLL DIE BEERDIGUNG DENN STATTFINDEN?
ICH WILL NICHT ZU LANGE WARTEN.
LARRY KONNTE SICH FREI-NEHMEN, ALSO AM LIEBSTEN IN ZWEI TAGEN. IM KLEINEN KREIS.
ALLES OKAY, TIFFANY?

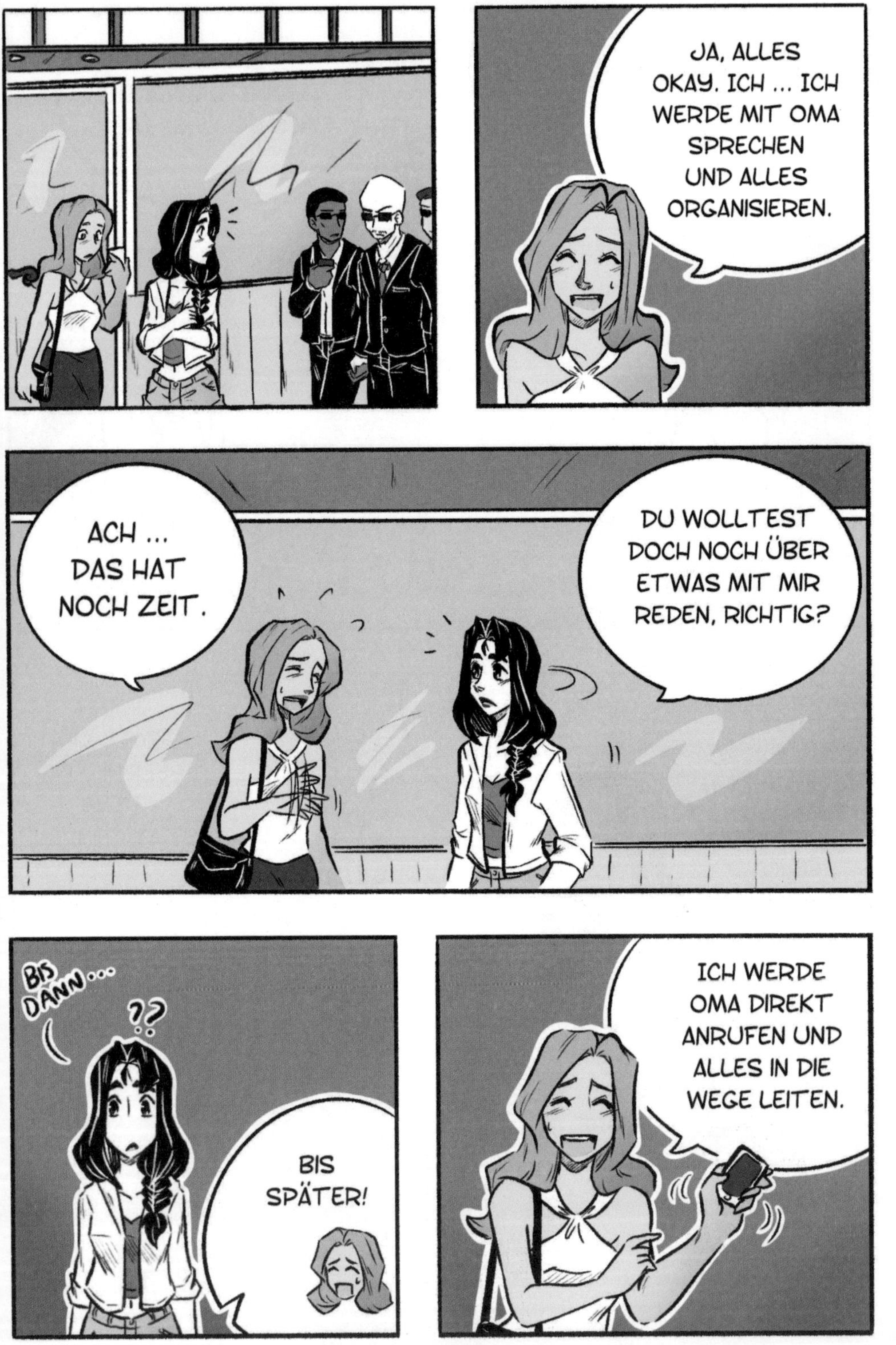
JA, ALLES OKAY. ICH ... ICH WERDE MIT OMA SPRECHEN UND ALLES ORGANISIEREN.
DU WOLLTEST DOCH NOCH ÜBER ETWAS MIT MIR REDEN, RICHTIG?
ACH ... DAS HAT NOCH ZEIT.
ICH WERDE OMA DIREKT ANRUFEN UND ALLES IN DIE WEGE LEITEN.
BIS SPÄTER!
BIS DANN ...
??

ARIANES WOHNUNG
...
#1
HUH?

DU KLEINER ...
SIE HAT NICHTS GETAN! HÖR AUF, IHR WEH ZU TUN!
ARGH!
BOB!!

KOMM, ARI...
LIEBER BOB...
ACH, LIEBES...
OH, LEE-ANN...
AN DEN KLIPPEN

DU SCHAFFST DAS.
ICH ... ICH KANN NICHT GUT MIT WORTEN ...
DANN BIN JETZT WOHL ICH DRAN...
MEIN LIEBER BOB ... ICH HOFFE, ES GEHT DIR DA, WO DU GERADE BIST, GUT. DASS DU NICHT MEHR BEI MIR BIST, IST NOCH IMMER KOMISCH. DU BIST UND BLEIBST IMMER EINE GROßE NUMMER IN KENTUCKY, UND HIER HÄTTEST DU ES SICHERLICH AUCH GESCHAFFT, DAS WEIß ICH EINFACH. BOB, WENN DU SEHEN KÖNNTEST, WIE SEHR SICH MEIN LEBEN HIER VERÄNDERT HAT ... ICH HABE EINEN MANN AN MEINER SEITE UND SO VIELE TOLLE FREUNDE, DIE SICH AUCH GANZ TOLL UM DICH GEKÜMMERT HÄTTEN. ICH VERMISSE DICH SO SEHR, DU KLEINER, DICKER TROUBLEMAKER ... ICH WERDE DICH IMMER IM HERZEN BEHALTEN, BOB ...

ICH DANKE EUCH...

ICH FAHRE MIT TIFFANY NOCH KURZ ZUM PIER.
SCHMU♡

ARIANE, KANN ICH HEUTE NOCH MIT DIR REDEN?
NATÜRLICH, SOLLEN WIR ZUM PIER FAHREN?

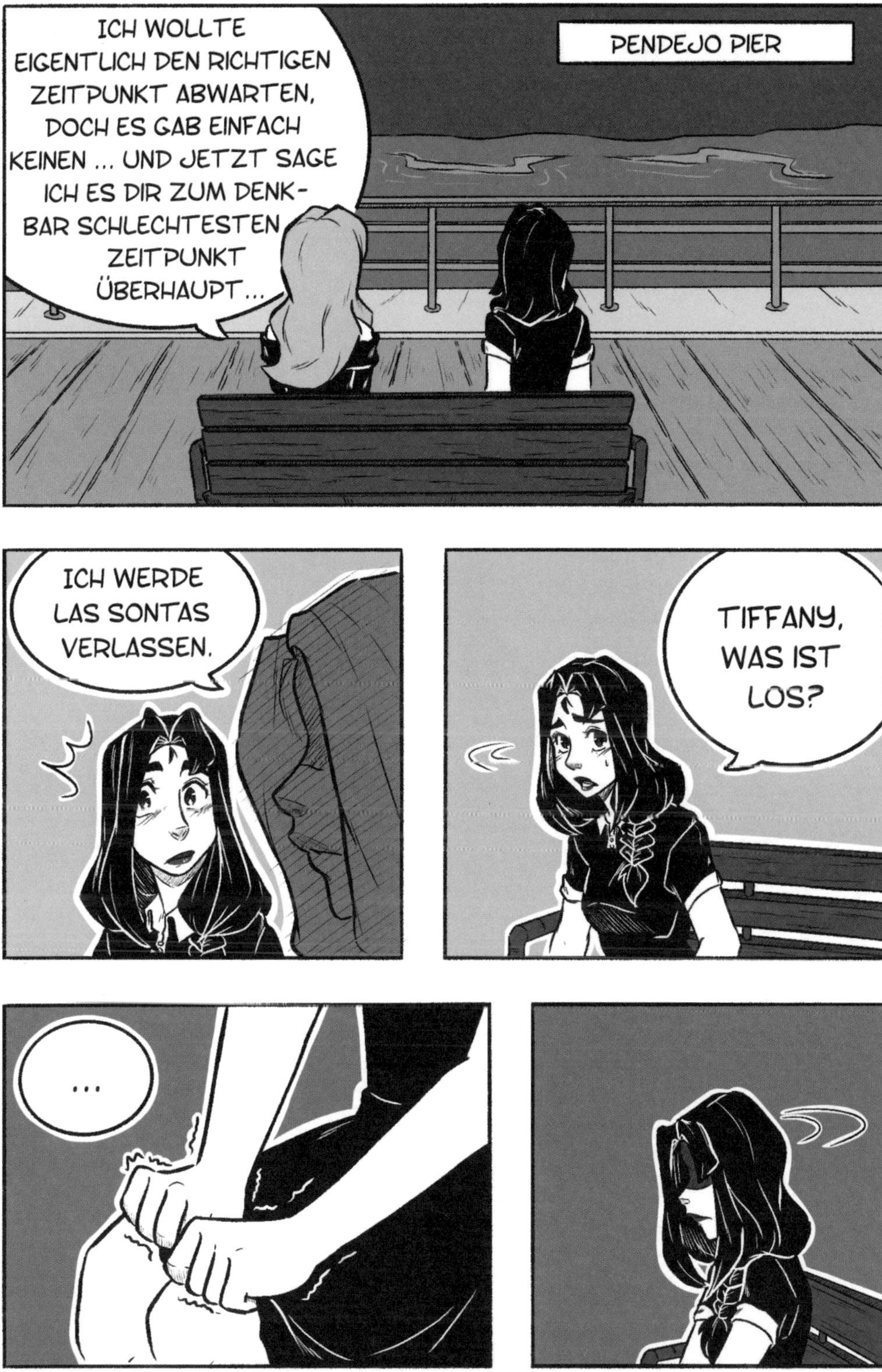
PENDEJO PIER
ICH WOLLTE EIGENTLICH DEN RICHTIGEN ZEITPUNKT ABWARTEN, DOCH ES GAB EINFACH KEINEN ... UND JETZT SAGE ICH ES DIR ZUM DENK-BAR SCHLECHTESTEN ZEITPUNKT ÜBERHAUPT ...
ICH WERDE LAS SONTAS VERLASSEN.
TIFFANY, WAS IST LOS?
...

MORGEN FRÜH? ABER ...
ICH WEIß, ES KOMMT PLÖTZ-LICH.
MEIN FLIEGER GEHT MORGEN FRÜH.
WANN?
WENN NICHT, MACHE ICH DIR DIE HÖLLE HEIß!
ICH WÜNSCHTE, ICH HÄTTE ES DIR FRÜHER SAGEN KÖNNEN. ABER ICH HABE EINEN ANRUF AUS DER HEIMAT BEKOMMEN. EIN JOB-ANGEBOT, DAS ICH NICHT ABLEHNEN KONNTE.
BLEIBEN WIR DENN IN KONTAKT?
HI HI
ICH MUSS DOCH WISSEN, WAS ARIANE BARNES WEITERHIN IN LAS SONTAS ERLEBT!

KAPITEL 4
ERSTE ZWEIFEL
LAS SONTAS AIRPORT
DEPARTURE
GATE 4
NICK
P.I.A.
NUN HEIβT ES, ABSCHIED NEHMEN ... VERSPRICHST DU MIR ETWAS?
DAS WERDE ICH, TIFFANY. DANKE FÜR ALLES.
WERDE GLÜCKLICH. HAB TRÄUME, HAB ZIELE. DU KANNST ALLES SCHAFFEN, ICH GLAUBE AN DICH!
4
MACH'S GUT!

HUH?
DU WURDEST WIEDER VERLASSEN ...
...
TAXI

TAXI
WEIẞT DU, ARIANE ... HIER WIRD UNSER NEUES LEBEN BEGINNEN.
WOOSH
HAHA
BOB!
OMA:
HALLO MEIN LIEBES, DIE HOCHZEIT FINDET MORGEN ABEND IM GERICHTSGEBÄUDE STATT. ICH FREUE MICH AUF EUCH BEIDE!
BIEP
BIEP

ER SAH SO GUT AUS!
ICH GEBE DIREKT MAL LARRY BESCHEID
OMG, ICH WETTE, ER STEHT AUF DICH. DU SOLLTEST IHN NACH EINEM DATE FRAGEN!
HAT SICH SOOOO VIEL ZEIT FÜR MICH GENOMMEN UND MICH MIT EINEM „HOWDY, LADY" VER-ABSCHIEDET.
DER TEILNEHMER IST ZURZEIT NICHT ER-REICHBAR, BITTE VER-SUCHEN SIE ES ZU EINEM SPÄTEREN ZEIT-PUNKT NOCH MAL.
HIHI
DIESER HUT, DIESE UNIFORM ... DEN KRALL ICH MIR.

JA, HAT SICH HERAUSGESTELLT, DASS ER DIESE BARNES NUR VERARSCHT. ER IST SINGLE!
OMG, JOSHUA HAT DIR SEINE NUMMER GEGEBEN?
SELBST WENN DAS LARRY WAR, ER WÜRDE NIE ...
ACH QUATSCH.

LAS SONTAS GERICHTSGEBÄUDE
IST ER NOCH NICHT HIER? ER HAT GESAGT, ER KOMMT NACH DER ARBEIT VORBEI.
GUTEN MORRRRGEN, ARIANE. WO HAST DU DENN LARRY GELASSEN?
ALSO ICH HABE IHN NICHT GESEHEN. VIELLEICHT IST ER JA …
DA KOMMT DIE BRAUT!

OOOOOH~
JA, ICH WILL!
WIE WUNDERSCHÖN ...

CLAP
CLAP
CLAP
LARRY:
HOWDY ARI, ES TUT MIR SO LEID ... ICH SCHAFFE ES LEIDER NICHT. ICH DACHTE, DER PAPIERKRAM IST BIS HEUTE ERLEDIGT. SONST BEKOMME ICH MÄCHTIG ÄRGER VON DER STAATS-ANWALTSCHAFT. ICH MACH'S WIEDER GUT, MEINE LADY.
HEY, DAS IST EINE HOCHZEIT!

OMA, DU …
DU SIEHST SO WUNDERSCHÖN AUS. ALLES IST SO SCHÖN.
DA SCHAUT MAN NICHT SO BEDRÖPPELT AUF SEIN HANDY.
HUH?
NA, DANN BIN ICH MAL GESPANNT, WIE EURE HOCHZEIT SO WIRD, ARIANE. WEHE, ICH BIN NICHT EINGELADEN!
HOCHZEIT …
HO– …

LARRY
UND ICH
...

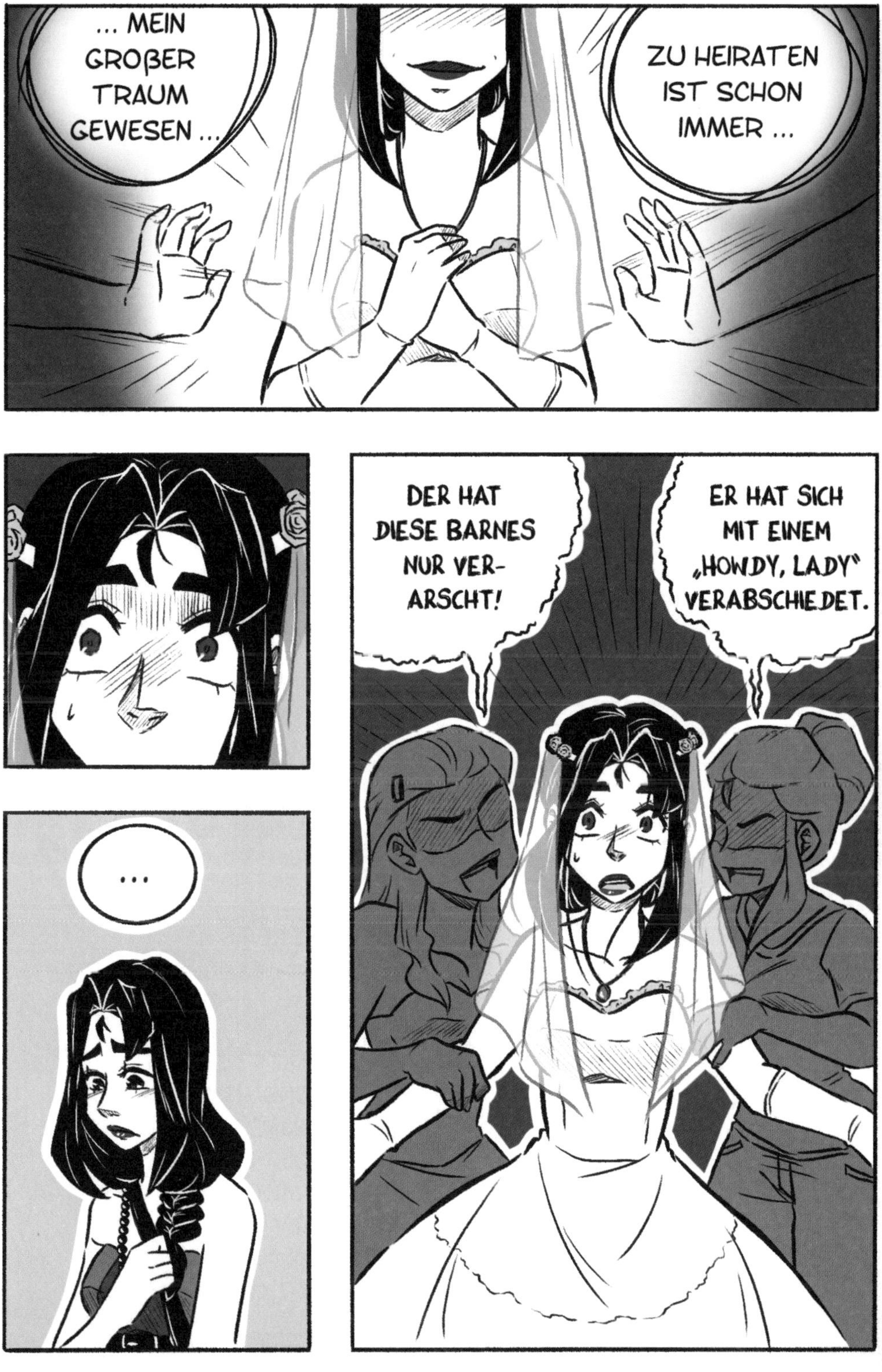
ZU HEIRATEN IST SCHON IMMER ...
... MEIN GROßER TRAUM GEWESEN ...
DER HAT DIESE BARNES NUR VER-ARSCHT!
ER HAT SICH MIT EINEM „HOWDY, LADY" VERABSCHIEDET.
...

... KOMMT ES DESWEGEN ZU IMMER GRÖßEREN LIEFERPROBLEMEN.
ARIANES WOHNUNG
LIEBE BÜRGER VON LAS SONTAS ...
KLICK
LARRY MACHT WOHL ÜBERSTUNDEN ...
SLAM
LEBENSMITTEL KÖNNTEN KNAPP WERDEN. MIT EINER ENORMEN KRAFT RAST DER HURRIKAN NUN AUF LAS SONTAS ZU.

KAPITEL 5
EIN STURM ZIEHT AUF

HEY, ARI, GUTEN MORGEN ...
MMH?
WANN BIST DU NACH HAUSE GEKOMMEN?
ERST SEHR SPÄT, ICH WOLLTE DICH NICHT WECKEN.
BITTE ... RUF DAS NÄCHSTE MAL DOCH AN ODER SCHREIB MIR EINE NACHRICHT. ICH MACHE MIR SONST SORGEN UM DICH ...
DAS MUSST DU NICHT, ARI ... ABER JA, OKAY, DAS NÄCHSTE MAL GEBE ICH BESCHEID. TUT MIR LEID.
GÄHN

ICH DARF LEIDER NICHT VIEL SAGEN, ARI. ABER DIE ARBEIT IST GERADE ... NUN JA, SAGEN WIR ... SEHR BELASTEND. ICH WÜNSCHTE, ICH KÖNNTE DIR MEHR SAGEN.
ARI ...
OH!
DAS MUSST DU AUCH NICHT. ICH BIN HIER. EGAL, WAS IST, WIR SCHAFFEN DAS. GEMEINSAM.
BESTER SHERIFF DER WELT ^_^ -ARI

HAB IHN …
ICH … EHM … WAS MEINST DU, LARRY?
NA, SAH DAS SCHON MAL GUT AUS?

ICH MUSS GLEICH AUCH SCHON WIEDER LOS.
LASS UNS ZUSAMMEN NOCH FRÜHSTÜCKEN.
DARF ICH MIT? WENIGSTENS NUR DIE FAHRT ZUR ARBEIT ... WIR HABEN SONST SO WENIG ZEIT FÜR UNS.
SEHR GERNE, MEINE LADY.

VOR DEM LSPD
BIS DANN, ARI!
ICH HABE LARRY NUR ZUR ARBEIT BEGLEITET.
MISS BARNES, WAS MACHEN SIE DENN HIER?
OH NEIN ...
SIND WIR HIER IN EINEM AFFENVEREIN?! WIR SIND MIT MCGILL SCHON IM GESPRÄCH. UND JETZT ARBEITEN SIE!
WANN BEKOMMEN WIR ENDLICH GETRENNTE UMKLEIDEN?
HERR WEISS, EINER DER KOLLEGEN HAT SCHON WIEDER SEINE UNTERHOSE AUF DEM BODEN LIEGEN LASSEN.
POLICE

DAS HEIßT ... AUCH LARRY SIEHT ...
ALLE ZIEHEN SICH IN EINEM RAUM UM?
TEHEHEHEHE~
...
SKINNER WAR SCHON IMMER EIN SCHLIMMER FINGER. DER HAT SICH BEREITS DURCH DAS HALBE PD GEFLIRTET. WIR NENNEN IHN DESWEGEN AUCH FLIRTY FINGER LARRY.
WAS?
WISSEN SIE, LARRY GUCKT DORT AUCH GERNE MAL ANDERE FRAUEN AN. ALSO, WENN SIE SICH UMZIEHEN.

ICH MUSS WIRKLICH SAGEN, ICH BEWUNDERE SIE, FRAU BARNES.
BE... BEWUN-DERN...?
PAT PAT
DAS ... DAS...
HE HE HE
TAP
TAP
ICH KÖNNTE NIE MIT SO JEMANDEM ZUSAMMEN SEIN.

DIE SOLL FÜR MICH SEIN? OH ... ICH HABE EIGENTLICH NUR SPAß GEMACHT. ICH STEHE NICHT AUF MÄDCHEN.
MEINE FRESSE, ARIANE, ICH BIN NICHT DEIN FREUND. ICH HATTE EINE WETTE MIT MEINEM KUMPEL LAUFEN ...
SOLANGE ICH BEI DIR BIN, WIRD DICH NIE WIEDER JEMAND VERLETZEN.
DONK
AH!

SNIEF
SNIEF
OH WEH, WAS IST DENN MIT DIR PASSIERT?
OH? DU BIST DOCH ARIANE, ODER?
...

DU KOMMST JETZT ERST EINMAL MIT NACH OBEN. DORT KANNST DU DEIN GESICHT WASCHEN UND DICH AUSRUHEN.
HOW TO BECOME BÜRGERMEISTER
SCHÜCHTERN? WER'S GLAUBT!
BARBARAS & MAX WOHNUNG
DAS IST SCHWER ZU ERKLÄREN …
DANKE.
HIER.
MEINE GÜTE, WAS IST DENN PASSIERT?
BARBIE! HALT DIE SCHNAUZE, WIR WERDEN NICHT STERBEN!
HACH~
ICH WÜRDE JA SAGEN, WIR HABEN ZEIT, ABER WIR SIND SOWIESO BALD ALLE TOT.

JA, ENTSCHULDIGUNG?
EIN HURRIKAN STEUERT
AUF LAS SONTAS ZU UND WIRD
DIE GANZE STADT ZERSTÖREN.
? ? ?
EIN …
EIN HURRIKAN?
UND DIE ZUKÜNFTIGE
BÜRGERMEISTERIN
DIREKT MIT! OHHHH,
DIESER SCHMERZ!
ES IST ÜBER-
ALL IN DEN
NACHRICHTEN!
ALSO MEINE
GÜTE, ARIANE,
LEBST DU
UNTER EINEM
STEIN?
ZING

... SOLLTEN ALLE BÜRGER MITHELFEN. ES WIRD SAMMELSTELLEN FÜR DAS BEFÜLLEN DER SANDSÄCKE GEBEN. WIR BRAUCHEN DRINGEND UNTERSTÜTZUNG IN BAYLETO. BITTE MELDEN SIE SICH VOR ORT. NOCH IST GENUG ZEIT UM ...
OH NEIN, ICH MUSS LARRY ANRUFEN!
WER IST LARRY?
MEIN FREUND ...
ER GEHT NICHT RAN ... ICH MUSS ZUM SD IM NORDEN. KÖNNT IHR MICH FAHREN?

MAX!!
NACH NORDEN? DAS IST ABER ECHT WEIT WEG ...
CHR
CHR
CHR
GUT, JETZT HAST DU MICH, BARBIE. KOMMT, DA WARTEN EIN PAAR DESSERTS AUF MICH IM SD.
DORT SIND LECKER POLIZISTEN. UND AUßERDEM WILL ICH IHREN FREUND SEHEN!
SHERIFF'S DEPARTMENT

MISS FINKERS, AUCH SIE BE-
KOMMEN EINE NOTUNTERKUNFT
ZUGEWIESEN. BITTE HABEN
SIE NOCH ETWAS GEDULD.
SHERIFF
JA, HÖMMA, DENKSTE ECHT, ICH SITZ ZU HAUSE MIT MEINEM ARSCH UND WARTE, BIS DER HURRIKAN MICH UND MEINEN TRAILER WEGFEGT? HASTE LACK GESOFFEN ODER WAT?!
DONK
DONK
BISHOP'S
STAMPF
STAMPF
??
HM?
DIE BLAUEN WOLLEN MICH DOCH EH LOSWERDEN. LECKT MICH AM ARSCH, ICH GLAUB EUCH KEIN WORT!

HOWDY, ARI, WAS MACHST DU DENN HIER?
LARRY!
SHERIFF
MEIN MÄDCHEN, SCHAU, DASS DU IN EINE NOTUNTERKUNFT KOMMST. DIE BLAUEN POLIZISTEN SIND BESTIMMT NETTER ZU DIR ALS ZU MIR ...
BISHOP
OH, VERZEIHUNG, LADYS. SKINNER MEIN NAME, GRÜßE SIE.
SHERIFF
ARI ... WENN WIR HIER AUF DER INSEL ALLE GEMEINSAM ANPACKEN, DANN KOMMEN WIR DURCH, OKAY?
ICH HABE GERADE VOM HURRIKAN ERFAHREN UND MIR SORGEN GEMACHT.
SHERIFF
SKINNER!!

NICHT SIE SCHON WIEDER.
ICH BRAUCHE SIE IM PD. ZIEHEN SIE SICH DIE ANDERE UNI-FORM AN, ICH WARTE IM AUTO ...
JA, CHIEF!
MACHEN SIE SICH NÜTZLICH UND HELFEN SIE IN BAYLETO!
HMPF!
ARI, WIR REDEN HEUTE ABEND. BITTE PA ...
HUUUUP
SHERIFF
DIESER...
GRR~
IFF

JA, CHIEF!
BIS DANN, ARI ...

BEEILUNG!!
HUP HUP HUP

... LASST UNS MITHELFEN, AB NACH BAYLETO!
VROOOOM

BAYLETO
KAPITEL 6
DIE NACHT DER ZERSTÖRUNG
NEHMT EUCH EINE SCHAUFEL, BEFÜLLT DIE SÄCKE UND LEGT SIE DORT AUF DEN HAUFEN.
FALLS IHR HUNGER ODER DURST HABT, GEBT BESCHEID. WIR HABEN GENUG FÜR ALLE DA.
O-OKAY...

KLAR, KOMM, MAX!
OB DAS REICHT?
HUFF HUFF
PUH!
DANKE!
HIER!

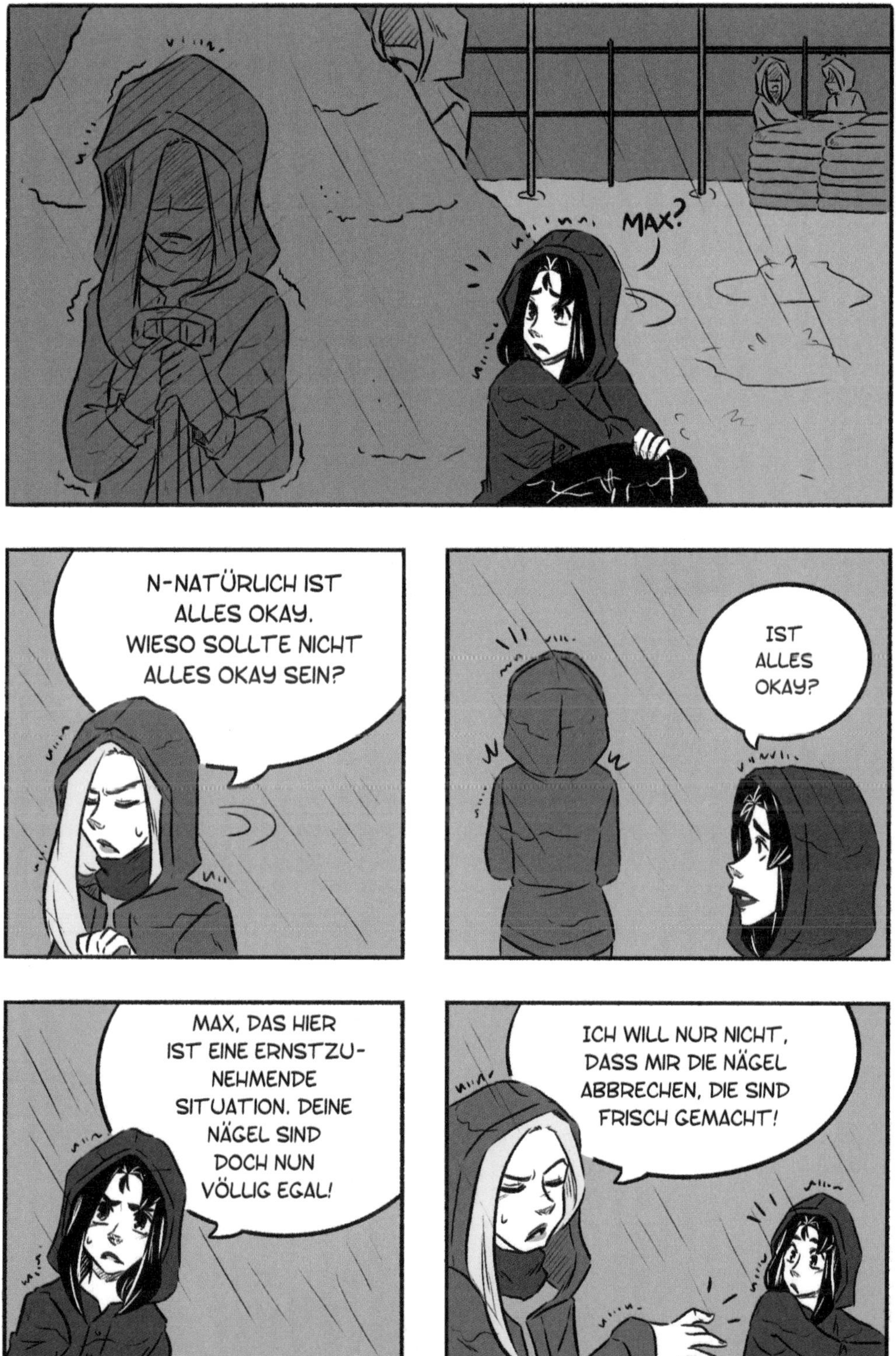
MAX?
IST ALLES OKAY?
N-NATÜRLICH IST ALLES OKAY. WIESO SOLLTE NICHT ALLES OKAY SEIN?
MAX, DAS HIER IST EINE ERNSTZU-NEHMENDE SITUATION. DEINE NÄGEL SIND DOCH NUN VÖLLIG EGAL!
ICH WILL NUR NICHT, DASS MIR DIE NÄGEL ABBRECHEN, DIE SIND FRISCH GEMACHT!

SAG MAL, SPINNST DU JETZT TOTAL?
BITTE? MEINE NÄGEL SIND HIER GERADE DAS WICHTIGSTE!
GROLL
ZAP
OH NEIN!
MAX!!

BARBARA?
ARIANE, DA BIST DU JA!
GROLL
SIE IST ... WEGGE- RANNT!
WIR MÜSSEN SIE SCHNELL FINDEN!
HIER, NIMM DIE! WO IST MAX?
DANKE!

HIER DRÜBEN!
MAX!!
MAX!!
MAX?
OH, MAX ...
ZUM GLÜCK ...
...
KOMM, MAX, FAHREN WIR NACH HAUSE.

SCHON GUT, ICH BIN JA DA.
BARBIE ... DIE GANZE SITUATION IST EINFACH ZU VIEL FÜR MICH ... ICH HAB SO EINE ANGST ...
...
ARI, ICH HABE DIR NOCH EINIGE DINGE IN DEN RUCKSACK GEPACKT ...
ZAPP
AM NÄCHSTEN TAG / ARIANES ZUHAUSE
BITTE BEGEBEN SIE SICH HEUTE ALLE IN DIE NOTUNTERKÜNFTE. AN DEN SAMMELPUNKTEN IN IHRER NÄHE BE-KOMMEN SIE AUSKUNFT DARÜBER, WELCHE UNTERKUNFT IHNEN ZUGEWIESEN WURDE.

ARI ... ICH KOMME NACH, VERSPROCHEN. WIR UNTERSTÜTZEN DAS MILITÄR, WO WIR NUR KÖNNEN. SIE BRAUCHEN JEDEN VON UNS.
ICH GEHE NICHT OHNE DICH ...
DU MUSST JETZT WIRKLICH LOS.
MISS BARNES, SIE SIND SPÄT DRAN.
PASS AUF DICH AUF!
DU WIRST IN SICHERHEIT SEIN. ICH KOMME, SO SCHNELL ICH KANN, NACH.
SIE WERDEN AM FLUGHAFEN UNTERKOMMEN. ES FÄHRT NOCH EIN LETZTER BUS ZUR UNTERKUNFT.
BITTE STEIGEN SIE SCHNELL EIN, DAS WETTER WIRD IMMER SCHLECHTER.
...

SHHHH~
SHHHH~
VROOOOM

RUMPEL
AHH!
UAAH!
RUMPEL
RUMPEL
AAAH!
HALTEN SIE SICH FEST! WIR HABEN MIT HEFTIGEN STURMBÖEN ZU KÄMPFEN!
DANKE, KIND!
ICH HAB SIE!

RUCKEL
RUCKEL
ICH HAB ANGST ... ICH HAB ANGST ...
RUMPEL
UAH!!
DONK

OOOOH~♡
DER IST FÜR DICH, PASS GUT DARAUF AUF.
HIER LANG ...
WIR SIND GLEICH DA!
...

MAMA!
KOMM, SCHNELL!
DER STURM WIRD IMMER STÄRKER!
BEEILEN SIE SICH!
...

HIER BLEIBE ICH JETZT WOHL ERST EINMAL ...
OHAAAN, WIE COOLN, WIR SIND IN DEN GLEICHEN UNTERKUNFT.
DAVID?
ARIANEN? SALUT!
KOMM, ICH ZEIG DIR DEN HALLEN.
SCHÖN, DICH ZU SEHEN.

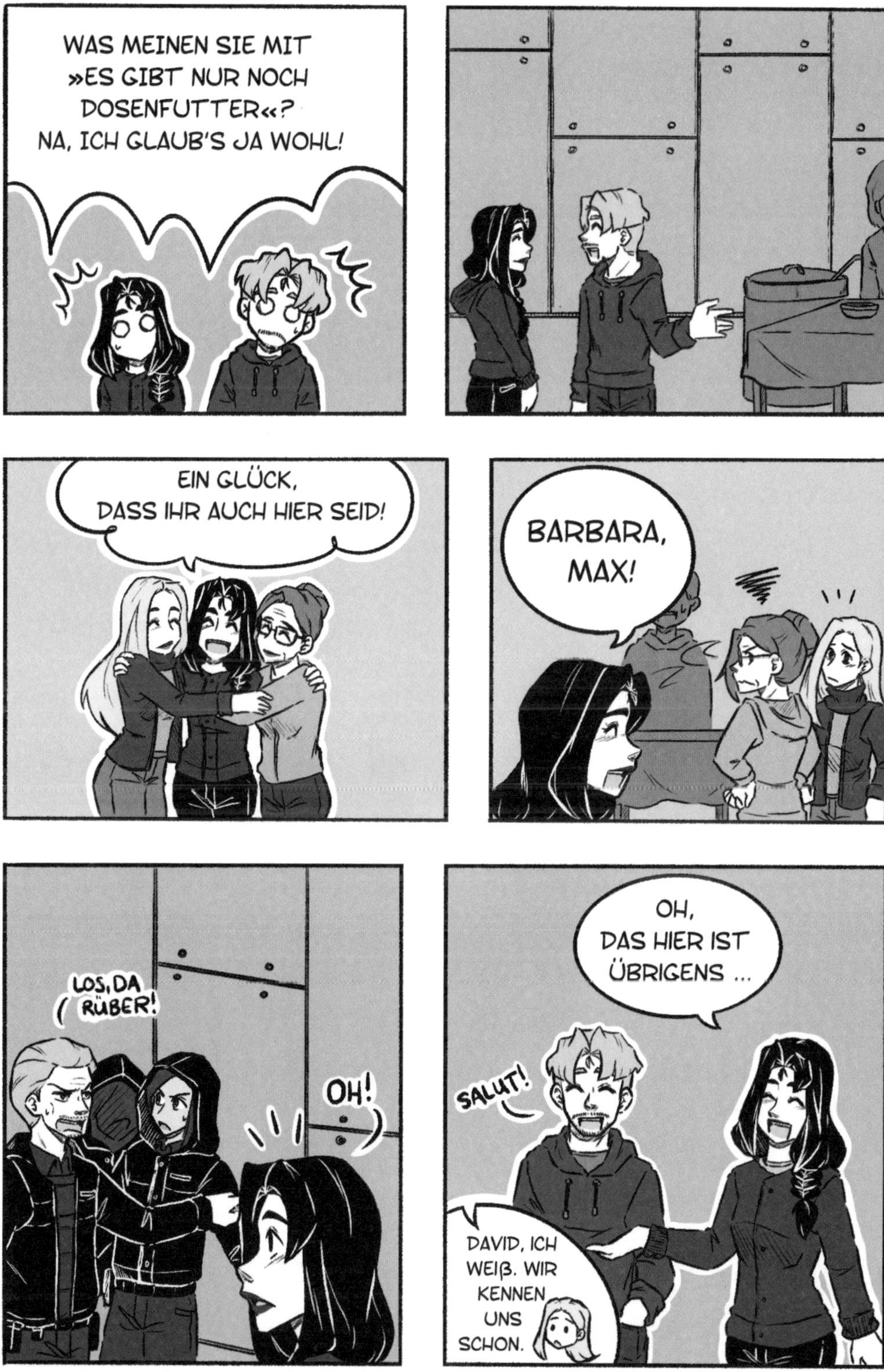
WAS MEINEN SIE MIT »ES GIBT NUR NOCH DOSENFUTTER«? NA, ICH GLAUB'S JA WOHL!
EIN GLÜCK, DASS IHR AUCH HIER SEID!
BARBARA, MAX!
LOS, DA RÜBER!
OH!
OH, DAS HIER IST ÜBRIGENS …
SALUT!
DAVID, ICH WEIẞ. WIR KENNEN UNS SCHON.

IST LARRY AUCH HIER? BITTE ... ICH MACHE MIR SORGEN.
WAS?!
SKINNER? DER WAR WOHL HEUTE NICHT IM DIENST, HAB IHN NICHT GESEHEN.
A-ARI... HILFE!
A-ABER ER IST DOCH ...

ES KLINGELT!
O-OKAY ...
ARIANE, DIE TELEFONLEITUNGEN SIND GERADE STABIL. VERSUCH IHN DOCH MAL ANZURUFEN.
HALTEN SIE ... FEST ... NÄHER ... RAN ...
L-LARRY?
ARI ... ICH ... PD ... ABGEHOLT ... KIRCHE ...
WAR DAS EINE FRAUEN-STIMME?
DIE VERBINDUNG WAR SCHLECHT, ABER ICH GLAUBE, ER IST IN IRGENDEINER KIRCHE.
TUUUUT

FRAU BARNES, HÖREN SIE. ICH HABE …
KRATZ KRATZ
DA WAR … EINE FRAU BEI IHM …
AHHH!
ACHTUNG!
WUMMS
WUMMS
WAS ZUM …!?
AH!
AH!
DONK
FRAU BARNES!
SWUUSCH

NEIN, LASS MICH LOS!
RTSCH
WAHRE LIEBE GIBT ES NICHT. SUCH DIR EINEN MANN, DER VIEL GELD HAT. GEHORCHE IHM, NUR SO WIRST DU GLÜCKLICH.
SCHWEINE FRESSEN JEDEN DRECK ...
ARIANE, SIEH DORT NICHT HIN!
DIESER HUT, DIESE UNIFORM ... DEN KRALL ICH MIR.
ER LIEBT DICH NICHT ...
DICH WILL DOCH NIEMAND, NICHT MAL DEINE ELTERN!
VERGISS ARI, DU BIST VIEL HEIßER, LADY ...
SKINNER HAT SICH SCHON DURCHS HALBE PD GEFLIRTET.

DEN HAT IRGENDWAS GESAGT, ICH MUSS NÄHER RAN, ICH VERSTEHEN DEN NICHT.
HNG …
NEIN … NICHT KÜSSEN … NICHT KÜSSEN …
ÄÄH …
ARIANEN …?
HMMM …
KLATSCH
OH, ARIANE, DU WURDEST VON EINEM TISCH GE-TROFFEN UND BIST OHNMÄCHTIG GEWORDEN.
AUTSCH!
WAS … IST PASSIERT?
WIESOOON?

ICH SAG'S NICHT GERNE, ABER DER WEISS HAT SICH VOR DICH GEWORFEN UND DEIN LEBEN GERETTET. HÄTTE SCHLIMMER AUSGEHEN KÖNNEN.
HERR WEISS, SIE HABEN MICH GERETTET. ICH MÖCHTE IHNEN DAN...
JETZT BILDEN SIE SICH MAL NICHTS EIN, SCHWESTER!
HIER, NEHMEN SIE DIE MIT ETWAS WASSER...
WAS?
...
DANKE.
ICH HABE NUR MEINEN JOB GEMACHT. UND JETZT GEHEN SIE!

JETZT STELL DICH NICHT SO AN!
DEN TUT SO WEEEEHN~
HIER, DEIN RUCKSACK. WIR DURFTEN SCHON WIEDER NACH DRAUßEN ... DAS WETTER HAT SICH BERUHIGT. ABER ...
KOMM MIT UND SCHAU SELBST ... ABER PASS AUF, DASS DU DICH NICHT VERLETZT.
ABER?
WA-WAS ...!?

WIR HABEN DEN WEG FREI GEMACHT, BITTE STEIGEN SIE ALLE IN DEN BUS!

TIFFANY:
ARIANE, ICH HOFFE, DIESE SMS ERREICHT DICH! GEHT ES DIR GUT? ICH MACHE MIR GROßE SORGEN UM DICH!
MIR GEHT ES GUT. WIR DÜRFEN ZURÜCK IN UNSERE WOHNUNGEN, STEIGE GERADE IN DEN BUS EIN. ICH MELDE MICH BALD WIEDER BEI DIR.
VROOOM
PD-79 MIT DER INFO, AM PIER IST EIN FRACHTSCHIFF GESTRANDET!
POLICE
VROOOM

GLOW 'EM UP
FREUT MICH, DASS ES DIR GEFÄLLT.
GENAU SO HABE ICH ES MIR VORGESTELLT, DANKE, ARIANE!
OH, VERDAMMT, ICH MUSS ZUR ARBEIT!
ARIANEEEEE!
WE'RE OPEN!
DONK

ICH HABE VIEL ZEIT MIT MAX, BARBARA UND DAVID VERBRACHT
DAVID!! WAS IST MIT MIR!?
SELFIIIIEN!
DER HURRIKAN HAT EINIGE TEILE DER STADT ZERSTÖRT.
DIE ALBTRÄUME WERDEN IMMER SCHLIMMER.
HUFF
HUFF
ICH HABE EINEN JOB BEI EINEM STYLISTEN ANGENOMMEN. DORT BIN ICH MITTLERWEILE CO-CEO.
EIN HALBES JAHR SIND ER UND ICH BALD SCHON ZUSAMMEN … ABER ES FÜHLT SICH VIEL LÄNGER AN.
LARRY ARBEITET VIEL. WIR SEHEN UNS NICHT MEHR SO OFT.

KAPITEL 7

BLUTROTE ERINNERUNGEN

LARRY!!
HM?
L-LARRY ...
DANKE, HERR SKINNER. ICH HOFFE, WIR SEHEN UNS WIEDER!
WINK
SHERIFF
ICH BIN SO FROH, DASS ES DIR GUT GEHT!
ARI!!
DEIN KOPF!

IST ES EIN GEFÄHRLICHER EINSATZ?
...
HAST DU ZEIT? ICH BRAUCHE EINE PERÜCKE FÜR EINEN UNDERCOVER-EINSATZ.
NATÜRLICH, SETZ DICH DOCH!
JA, ICH WEIß SCHON, INTERNA.
PLOP
ICH ... EHM ...
... WANN HEIRATET IHR EIGENTLICH?
SAG MAL ...
DIE SCHÖNSTEN BRAUT-FRISUREN

ABER ... ES WAR IMMER MEIN GROßER TRAUM ZU HEIRATEN.
WIR HABEN NOCH NICHT WIRKLICH DARÜBER GEREDET.
HUCH?
SWUUUSCH
FLAP
ICH REGEL DAS FÜR DICH!
FEE!!
ARIANE, KEINE SORGE!
ÄH...?

ICH HABE EIN UNGUTES GEFÜHL ...
...
HEY, BESTIE! HEUTE ABEND STEIGT EINE PARTY IN SO EINEM RICHTIG GEILEN APARTMENT. KOMMST DU MIT?
SEHR GERNE, VIELLEICHT HAT LARRY JA AUCH LUST.
HM?
RIIING
RIIING
WIR SIND SCHON SO LANGE ZUSAMMEN ...
ICH WARTE HIER AUF LARRY...
SHERIFF'S DEPARTMENT

... ICH MÖCHTE NICHT MEHR WARTEN!
HM...
DIE SITUATION WIRD ABER SCHWIERIG FÜR MICH ... ES DARF NIEMAND MITBEKOMMEN.
MMH ... EINER SO NETTEN LADY KANN ICH EINFACH NICHTS AUS-SCHLAGEN.
SEUFZ
SHERIFF
KEINE SORGE, DEIN NAME WIRD NIRGENDWO FALLEN.
WINK
HI HI

W-WAS SOLL DAS?
HIHIHI DANKE! BIS BALD! ♥
FÜR LARRY ♥
A-ARI?!

W-WAS?
ARI!! WARTE!
HABT IHR GERADE EIN SCHWARZ-HAARIGES MÄDCHEN HERAUS-RENNEN SEHEN?
JA, SIE IST SOFORT INS AUTO UND WEGGEFAHREN.
SHERIFF

NEIN, DU BIST VIEL SÜẞER!
DU BIST SO SÜẞ!
...
SHERIFF
LARRY, DANKE, DASS WIR UNSERE HOCHZEIT IN DER ALTEN SCHEUNE FEIERN DÜRFEN!
ÖHM ... GERNE ...
NEU:
LARRY: ARI ... DU MUSST ES MICH ERKLÄREN LASSEN ...
UNLOCK
VOR DER COMET STREET

DA BIST DU JA ENDLICH!
ACH ...?
ICH SAG DIR, DIE LEUTE HIER HABEN GELD WIE HEU. DAS ERINNERT MICH AN DIE FRÜHERE ZEIT IN NEW YORK. DU MUSST WISSEN, ICH HABE DORT NOCH EIN GANZES VERMÖGEN!
KOMM, GEHEN WIR ZU MAX. DU WEIßT JA, WIE SIE IST, WENN MAN SIE ZU LANGE WARTEN LÄSST.
...

APARTMENT COMET STREET
ICH HABE DA SO EINEN GUTAUSSEHENDEN TYPEN KENNENGELERNT, MEINE GÜTE!
ARIANE!
...
UND
...

OH, DANKE, ABER ICH RAUCHE NICHT.
HIER, FÜR DICH.
BIN GLEICH ZURÜCK!
ICH GLAUBE, ARIANE BRAUCHT ERST EINMAL EINEN DRINK.
TORKEL
HIER.
DANKE.
ÄH ...
STECK SIE DIR EINFACH EIN, ICH MUSS WEITER.
FLUP
MAX! VIELLEICHT IST DIE DAME EINFACH NUR SCHÜCHTERN?
HM?
DA SITZT DEN GANZEN ABEND SCHON SO EINE GRUSELIGE FRAU ...
SCHLÜRF

WIESO DENN ICH? ALSO ICH FINDE, DU SOLLTEST DEINE BÖSEN GEISTER ÜBERWINDEN UND MIT DER DAME SPRECHEN.
JA, DANN GEH DU DOCH HIN UND SPRICH SIE AN?
MAX, STELL DICH NICHT SO AN UND RED MIT IHR! GUCK SIE DIR AN, SIE SITZT DA GANZ ALLEINE UND HAT VERMUTLICH KEINE FREUNDE. ACH GOTT, DIE ARME!
UND ICH FINDE, DU SOLLTEST DIE SCHNAUZE HALTEN. ICH HAB EINFACH KEINE LUST, DAHIN ZU GEHEN!
JA, JA, ALLES KLAR. ALSO MACH SCHON.
MEINE GÜTE, ICH GEHE JA SCHON. DU KANNST MANCHMAL WIRKLICH NERVEN, WEIẞT DU DAS?
HI HI HI

ICH SOLLTE IN LARRYS SMS SCHAUEN ...
ÄHM... HI!
WA-WAS...?
PLOPP
NEWS-SERVICE
AN ALLE BÜRGER. ES GAB EINEN AUSBRUCH AUS DEM STATE PRISON.
...
SIE SIND WOHL NICHT SO GESPRÄCHIG, WAS? NA JA, DANN...
DIE PERSON IST WEIBLICH, WAHRSCHEINLICH BEWAFFNET UND ÄUßERST GEFÄHRLICH. SOLLTEN SIE DIESE PERSON SEHEN, KONTAKTIEREN SIE UMGEHEND DAS LSPD!

ALLE AUF DEN BODEN!
MA-
SONST BRINGE ICH SIE UM!
DONK
MAX! NEIN, BITTE NICHT!

ACHTUNG!
ICH BRING SIE UM! ICH BRING SIE UM!
LASSEN SIE DIE WAFFE FALLEN, ES IST AUS!
PENG
PENG
MAX!!

BEGEBEN SIE SICH BITTE IN DIE ANDEREN ZIMMER, DIES IST NUN EIN TATORT. DAS MD UND SEELSORGER SIND AUF DEM WEG.
HALT!
LASSEN SIE MICH ZU IHR, SIE IST MEINE FREUNDIN!
ICH WILL NACH HAUSE ... MUSS ... MICH WASCHEN.
MAX ... ES TUT MIR SO LEID.
HIER, SETZ DICH.

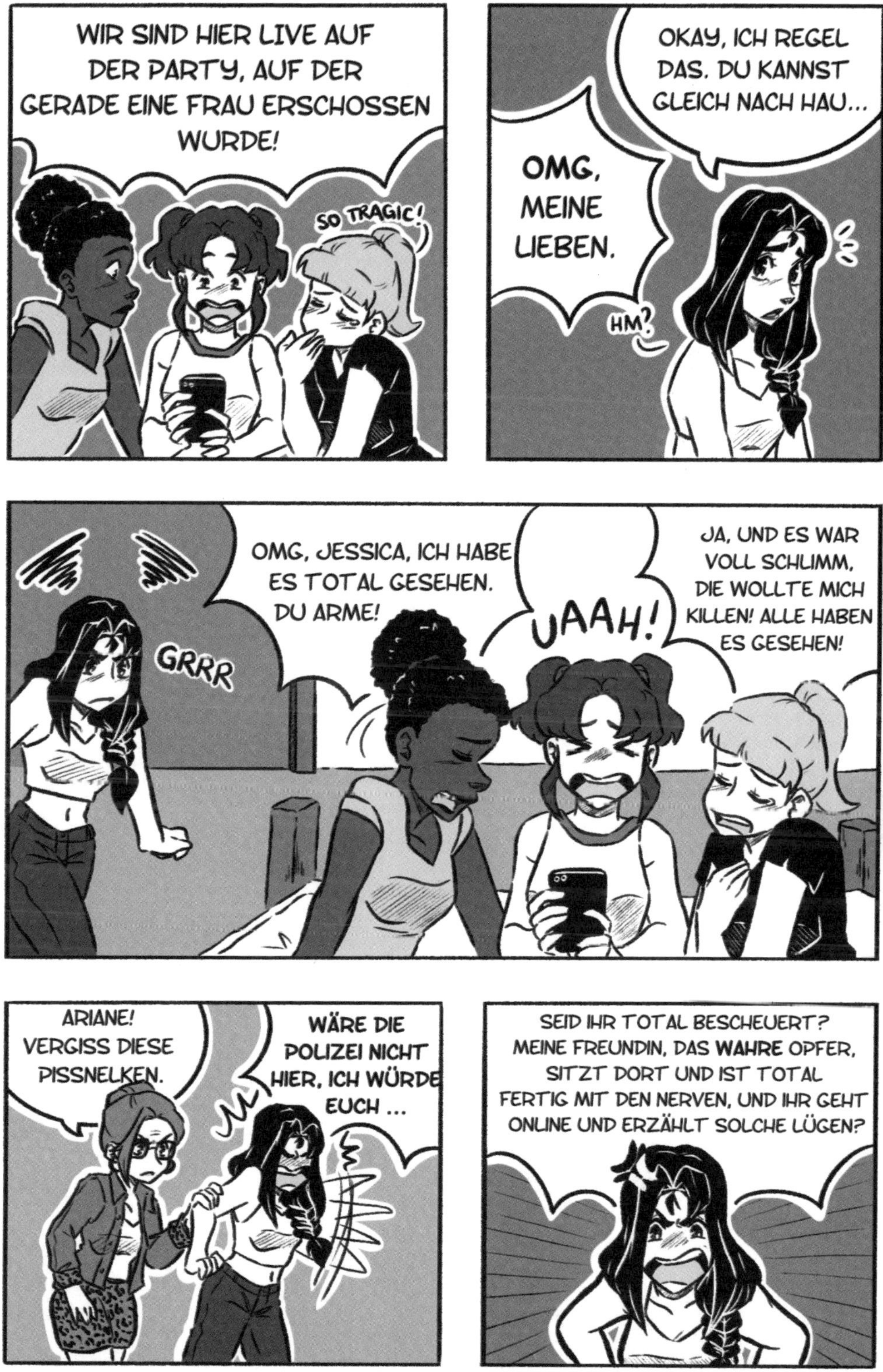
WIR SIND HIER LIVE AUF DER PARTY, AUF DER GERADE EINE FRAU ERSCHOSSEN WURDE!
SO TRAGIC!
OKAY, ICH REGEL DAS. DU KANNST GLEICH NACH HAU…
OMG, MEINE LIEBEN.
HM?
OMG, JESSICA, ICH HABE ES TOTAL GESEHEN. DU ARME!
GRRR
UAAH!
JA, UND ES WAR VOLL SCHLIMM, DIE WOLLTE MICH KILLEN! ALLE HABEN ES GESEHEN!
ARIANE! VERGISS DIESE PISSNELKEN.
WÄRE DIE POLIZEI NICHT HIER, ICH WÜRDE EUCH …
SEID IHR TOTAL BESCHEUERT? MEINE FREUNDIN, DAS WAHRE OPFER, SITZT DORT UND IST TOTAL FERTIG MIT DEN NERVEN, UND IHR GEHT ONLINE UND ERZÄHLT SOLCHE LÜGEN?

SIE HAT EIN BE-RUHIGUNGSMITTEL BE-KOMMEN UND KANN NUN NACH HAUSE GEBRACHT WERDEN.
DER SEELSORGER REDET GERADE MIT MAX, SIE KANN GLEICH NACH HAUSE.
ÄHM... ICH GLAUBE, DU GEHST GERADE VIRAL...
GRRR...
VROOM
WAS FÜR EIN ABEND. MACH DIR KEINEN KOPF UM MAX, ICH KÜMMERE MICH UM SIE. DU KENNST SIE JA, DAS WIRD WIEDER.
...
ENTSCHULDIGUNG... HAST DU VIELLEICHT FEUER?
KLAR! MOMENT.
...

ARI?
DAMALS IN KENTUCKY HABE ICH MAL GERAUCHT ...
FFFT
HABE GESCHWOREN, ES NIE WIEDER ZU TUN, ABER ...
WARTE, DU RAUCHST? SEIT WANN?
LARRY, ICH WILL GERADE EINFACH NUR NOCH NACH HAUSE.
OKAY.
ICH HABE IM FUNK GEHÖRT, WAS PASSIERT IST.

ARIANES WOHNUNG
HIER, DEIN TEE.
ES TUT MIR LEID, DASS DU DAS MIT ANSEHEN MUSSTEST ...
WIR MÜSSEN BALD MAL IN RUHE MITEINANDER REDEN, OKAY?
OKAY ...
...
ARI ... LEG DICH ERST EINMAL HIN.
...

ES WIRD WIEDER PASSIEREN.
KAPITEL 8
ZERBROCHENE TRÄUME
ES WIRD WIEDER PASSIEREN.
HA
HA
HA
ES WIRD WIEDER PASSIEREN.
ES WIRD WIEDER PASSIEREN.
ES WIRD WIEDER PASSIEREN.
ES WIRD WIEDER PASSIEREN.
ES WIRD WIEDER PASSIEREN.
ES WIRD WIEDER PASSIEREN.
ES WIRD WIEDER PASSIEREN.
ES WIRD WIEDER PASSIEREN.
WIE ERBÄRM-LICH ...
DACHTEST DU WIRKLICH, HIER WIRD SICH ALLES ÄNDERN?
ER LIEBT DICH NICHT.

WACH AUF.
NOCH KANNST DU DAS BEENDEN.
NIEMAND TUT DAS.
GASP
WACH AUF.
ARIANES WOHNUNG
HUFF
HUFF
HUFF

OH, ARI, DU BIST SCHON WACH? KOMM, SETZ DICH DOCH.
NEIN ...
KLACK
DU WOLLTEST MIT MIR REDEN ...
JA, ABER DAS HAT NUN WIRK-LICH ZEIT.
... JETZT.

ARI, DAS AM SD WAR NICHT DAS, WONACH ES AUSGESEHEN HAT.
BIST DU DIR SICHER?
JA.
ES WIRD WIEDER PASSIEREN.
ES WIRD WIEDER PASSIEREN.
ES WAR SO …
…
ES WIRD WIEDER PASSIEREN.
ES WIRD WIEDER PASSIEREN.
ES WIRD WIEDER PASSIEREN.
ES WIRD WIEDER PASSIEREN.
NATÜRLICH.
VERSTEHST DU ES JETZT? ES WAR EINFACH NUR EIN MISS-VERSTÄNDNIS.

WIESO SOLLTE ICH ETWAS DAMIT ZU TUN HABEN?
HAST DU DAMIT ETWAS ZU TUN, ARI?
UND AN DEM TAG WAR FEE IM SD. SIE GING MIR ZIEMLICH AUF DEN ZEIGER. HAT DIE GANZE ZEIT VOM HEIRATEN GEFASELT UND MICH AUSGEFRAGT.
ICH WOLLTE IN MEINEM LEBEN NUR … EIN MAL HEIRATEN. WENN ICH DEN RICHTIGEN GEFUNDEN HABE.
WIE STEHST DU EIGENTLICH INSGESAMT ZUM THEMA VER-LOBUNG UND HOCHZEIT? IST DAS FÜR DICH EIN MUST-HAVE? DU WEIẞT, ICH WAR JA MAL VERHEIRATET.
…
ALSO, JA, ICH WÜRDE GERNE HEIRATEN.

HAST DU ANGST, DASS ES WIEDER SO SEIN KÖNNTE?
IM NACH-HINEIN, JA.
WAR DEINE EHE SO SCHLIMM?
...
DIE FRAGE IST, BRAUCHT MAN DENN UNBEDINGT EINE HOCHZEIT, UM GLÜCKLICH ZU SEIN?
NATÜRLICH NICHT. ES IST NUR ... EIN TRAUM VON MIR.
ICH WEIß. ICH TUE MICH MANCHMAL DAMIT EIN BISSCHEN SCHWER, WEIßT DU?

DAS NOCH MAL ... ÜBER MICH ERGEHEN ZU LASSEN ...
SO SEHE ICH ZUMINDEST DAS VERGANGENE ... DIE ERFAHRUNG, DIE ICH DAMIT GEMACHT HABE.
ÜBER DICH ... ERGEHEN ZU LASSEN?
DU WEIßT SCHON, DASS MENSCHEN VERSCHIEDEN SIND, ODER?
NATÜRLICH WEIß ICH DAS.
ARI, DAS WAR JETZT ALLES WIRKLICH VÖLLIG WERTFREI, ICH WOLLTE EINFACH WISSEN, WIE DU DAZU STEHST

... WIR HABEN VERSCHIEDENE ANSICHTEN.
ICH DENKE ...
ICH MUSS DANN MAL LOS.
...

POPFORD HILLS
ÜBER SICH ERGEHEN LASSEN ... ICH DACHTE, HEIRATEN IST ETWAS SCHÖNES ...
IN MEINER VORSTELLUNG WAR ES DAS ZUMINDEST ...
LASSEN SIE IHREN TRAUM WAHR WERDEN!
NEU: TRAUM-KLEIDER VON E. RANGE, DEM STARDESIGNER AUS WOLLY-HOOD.

BIN ICH GERADE GLÜCKLICH ...?
...
"WERDE GLÜCKLICH. HAB TRÄUME, HAB ZIELE."
DAVID:
ARIANEN, EIN EMERGENCIEN! DU MUSST UN-BEDINGT ZU DEN PIER DA KOMMEN MAX UND BARBA-RA SIND AUCH HIER! BEEIL DICH!
WAS?!
BIEP BIEP

PENDEJO PIER
ARIANE!
MAX! BARBARA!
SCHAU DIR MAL DIESEN OUTFITEN AN. ICH BIN NUN EIN RICHTIGEN FASHION-ISTA.
DAVID!!
WAS IST PASSIERT?
HUFF
HUFF
WO IST DAVID?
ARIANEN!

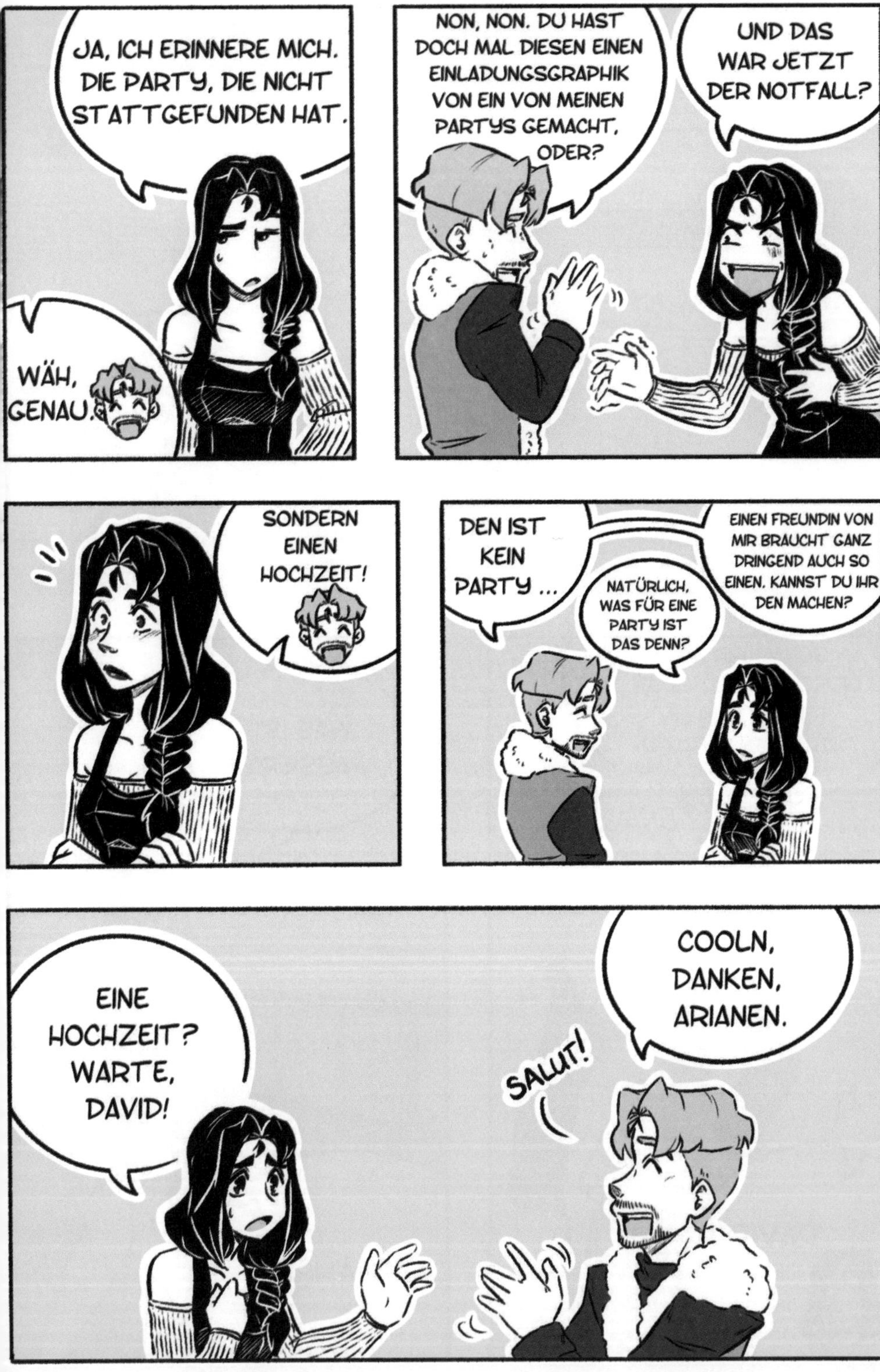
JA, ICH ERINNERE MICH. DIE PARTY, DIE NICHT STATTGEFUNDEN HAT.
WÄH, GENAU.
NON, NON. DU HAST DOCH MAL DIESEN EINEN EINLADUNGSGRAPHIK VON EIN VON MEINEN PARTYS GEMACHT, ODER?
UND DAS WAR JETZT DER NOTFALL?
SONDERN EINEN HOCHZEIT!
DEN IST KEIN PARTY ...
NATÜRLICH, WAS FÜR EINE PARTY IST DAS DENN?
EINEN FREUNDIN VON MIR BRAUCHT GANZ DRINGEND AUCH SO EINEN. KANNST DU IHR DEN MACHEN?
EINE HOCHZEIT? WARTE, DAVID!
COOLN, DANKEN, ARIANEN.
SALUT!

...
NA JA ...
SEUFZ
ACH, ALS OB SO EIN AFFE MIT ZAHNBÜRSTE MICH UNTERKRIEGT.
WIE GEHT ES DIR, MAX?
ARIANE, ES IST FURCHT-BAR!
DIE ZUKÜNFTIGE BÜRGERMEISTERIN HINTER GITTERN!!
ÄH ...
WAS IST LOS?
ICH KOMME IN DEN BAU.

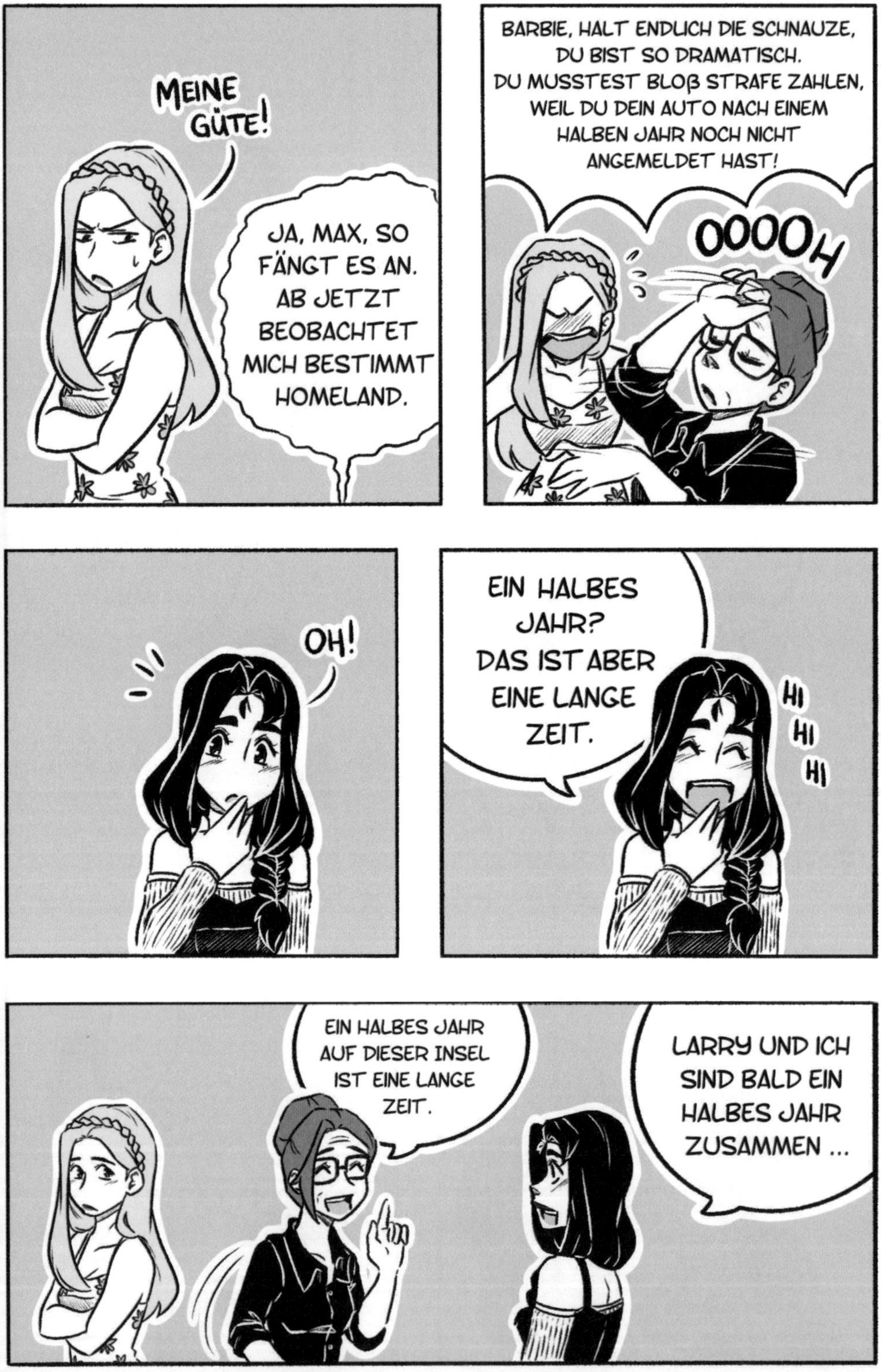
MEINE GÜTE!
JA, MAX, SO FÄNGT ES AN. AB JETZT BEOBACHTET MICH BESTIMMT HOMELAND.
BARBIE, HALT ENDLICH DIE SCHNAUZE, DU BIST SO DRAMATISCH. DU MUSSTEST BLOß STRAFE ZAHLEN, WEIL DU DEIN AUTO NACH EINEM HALBEN JAHR NOCH NICHT ANGEMELDET HAST!
OOOOH
OH!
EIN HALBES JAHR? DAS IST ABER EINE LANGE ZEIT.
HI HI HI
EIN HALBES JAHR AUF DIESER INSEL IST EINE LANGE ZEIT.
LARRY UND ICH SIND BALD EIN HALBES JAHR ZUSAMMEN ...

ARIANE, WORAN DENKST DU GERADE? ERZÄHL MIR ALLES.
HM?
...
??
ICH MUSS GERADE DARAN DENKEN, WIE WIR UNS KENNENGELERNT HABEN.
??
??
ICH MUSS LOS! ICH HAB ZU TUN!

MI
KRITZEL
KRITZEL
MO
AN DIE ARBEIT!
EIN HALBES JAHR SKARI.
THEATERSTÜCK VON ARIANE BARNES
FR
PUH!
DING
DONG
SO KANN ICH LARRY AN DIE SCHÖNE ANFANGSZEIT ERINNERN.

... FINDEST DU DAS NICHT ETWAS ÜBERTRIEBEN ALS GESCHENK?
HI, MAX! BIN GERADE FERTIG GE-WORDEN!
SAG MAL ...
DANKE, MAX. ICH PACKE ALLES IN EINEN ORDNER, DANN KANNST DU ES MIT-NEHMEN.
ICH HAB DEN KONTAKT ZUM VARIETÉ INFORMIERT, MORGEN WIRD KURZFRISTIG KLAPPEN. SCHAUSPIELER GIBT ES AUCH SCHON.
NEIN, DAS WIRD SUPER. SO KANN ICH IHN WIEDER DARAN ERINNERN!
OH, DANN KOMME ICH AUCH VORBEI.
WIR TREFFEN UNS SPÄTER DANN NOCH BEIM WEST-GUCCI SUPER-MARKT.

WESTGUCCI SUPERMARKT
WESTGUCCI SUPER MARKET
ARIANEN, DA BIST DU JA ENDLICH!
WAS MACHT IHR ALLE HIER?
ALKOHOL IST AUCH EINE DROGE!
23:45 LARRY CALL
BARBIE, BIST DU DOOF?
WIR FEIERN EIN WENIG, UND ICH ALS DROGENBEAUF-TRAGTE PASSE AUF, DASS KEINER DROGEN NIMMT!
VINO
RING RING

OH, UND DA VORNE IST ER.
DU HAST EIN GANZEN THEATERSTÜCK NUR FÜR LARRY GESCHRIEBEN?
HM...?
HOWDY, ARI, ICH MUSS DICH DRINGEND SPRECHEN. WO BIST DU?
ICH BIN BEIM WEST-GUCCI SUPER-MARKT.
OKAY, WARTE DORT. ICH MACHE MICH AUF DEN WEG.
ARI, HÖR ZU ...
LARRY, BITTE NIMM DIR MORGEN ABEND NICHTS VOR, ICH HABE EINE ÜBER-RASCHUNG FÜR DICH!
HOWDY, LADY.
OH!

??
...
... ICH MUSS MORGEN NACH PHOENIX.
WAS? ABER MORGEN IST ...
... UNSER HALBJÄHRIGES. ICH HABE ETWAS GEPLANT.
ARI, ES TUT MIR SO LEID. WIR HOLEN DAS NACH.
WARTE EINEN MOMENT HIER, OKAY?
STGUCCI SUPER MARKET
NATÜRLICH.
DANKE. HÄTTEN SIE AUCH EINEN STIFT?
?

MÖGE DER SPRIT BIS ZUR LETZTEN ZIGARETTE REICHEN. DER TANK IST ZU 1/10 GEFÜLLT. ARI, FÜR DICH!
...
ES IST MITTERNACHT. DAS IST FÜR DICH, ARI.
OH?
HA
NA, DANN HAB ICH JA EINEN GRUND WEITERZU-RAUCHEN ...
HA
HA
WOW ... DANKE SCHÖN ...
KLACK
GERNE, ICH HOFFE, ES FREUT DICH.
...
MEIN FLIEGER STARTET SEHR FRÜH, ICH MUSS NACH HAUSE.

ABSAGEN? OKAY ... WANN SOLL ES DANN STATT-FINDEN?
NIE.
WIR MÜSSEN ES AB-SAGEN.
WIR HABEN GLEICH NOCH EIN TREFFEN MIT DEN SCHAUSPIELERN FÜR MORGEN.
WAAAAAAAS?
ER WIRD MORGEN NICHT DA SEIN.
ARIANE, WAS IST PASSIERT?
ER ARBEITET SEHR VIEL.
IHR SEHT EUCH IN LETZTER ZEIT AUCH SEHR SELTEN, KANN DAS SEIN?
DEINE IDEE WAR TOLL! DASS DER LAPPEN SICH KEINE ZEIT NIMMT, IST HIER DAS EINZIGE PROBLEM!
ES IST OKAY, WIESO PLANE ICH ÜBERHAUPT SO ETWAS? DAS WAR DUMM VON MIR.

ER HAT ABER NICHT UNRECHT, BARBIE…
ICH MUSS MICH UM EUCH DREI SACKNASEN KÜMMERN, DAS IST ARBEIT GENUG!
DEN IST DOCH KEINEN GRUND. WIR ARBEITEN DOCH AUCH ALLEN. NA JA, BIS AUF DEN BARBARA.
DAVID, JETZT KLATSCHT ES GLEICH ABER.
…
MAX!!
HA HA HA
LARRY …
KLACK

GLOW 'EM UP
KAPITEL 9
MÄDCHEN AUS GLAS
HALLO, WIE GEHT ES DIR?
LEE-ANN!
HALLO, MEINE LIEBE.
HEUTE KOMMT LARRY WIEDER.
LASS MICH RATEN ...
ACH, WEIßT DU, SCHLECHTEN MENSCHEN GEHT ES IMMER GUT.
HI HI
... WIEDER EINE ANDERE FRISUR?
JA, ÜBER-RASCHE MICH EINFACH.

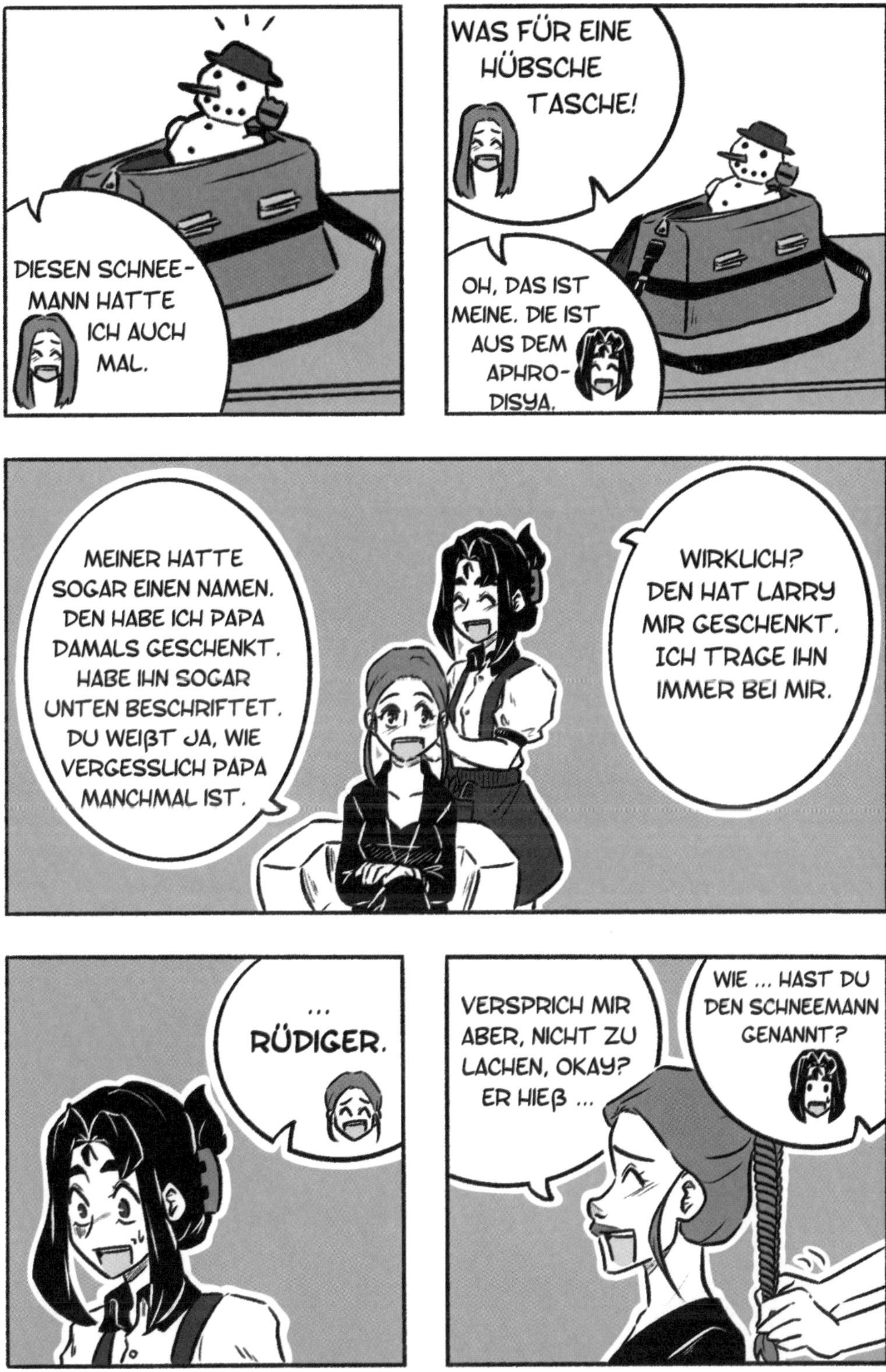
DIESEN SCHNEE-MANN HATTE ICH AUCH MAL.
WAS FÜR EINE HÜBSCHE TASCHE!
OH, DAS IST MEINE. DIE IST AUS DEM APHRODISYA.
MEINER HATTE SOGAR EINEN NAMEN. DEN HABE ICH PAPA DAMALS GESCHENKT. HABE IHN SOGAR UNTEN BESCHRIFTET. DU WEIẞT JA, WIE VERGESSLICH PAPA MANCHMAL IST.
WIRKLICH? DEN HAT LARRY MIR GESCHENKT. ICH TRAGE IHN IMMER BEI MIR.
WIE ... HAST DU DEN SCHNEEMANN GENANNT?
VERSPRICH MIR ABER, NICHT ZU LACHEN, OKAY? ER HIEẞ ...
... RÜDIGER.

...
WAS IST LOS?
?
ÄH...
DU SIEHST PLÖTZLICH SO BLASS AUS, LIEBES.
DAS IST MEINER!
RÜDIGER

RÜDIGER WAR DAS ERSTE GESCHENK, DAS ICH VON IHM BEKOMMEN HABE … ES BEDEUTET MIR SO VIEL …
…
ER HAT IHN EINFACH WEITER-VERSCHENKT?
NATÜRLICH, ZIEH IHM DIE OHREN RICHTIG LANG.
DAS … WERDE ICH.
NA, DER KRIEGT WAS ZU HÖREN!
SWUSCH
NEIN, LASS MICH DAS MACHEN. WENN ES FÜR DICH OKAY IST.
PUH, ENDLICH FEIER-ABEND …
KLACK
SORRY, WE'RE CLOSED.
…

AM STRAND
LARRY:
HOWDY ARI. ICH BIN GERADE GE-LANDET UND MUSS NOCH EINIGE DINGE ERLEDIGEN. ICH MELDE MICH SPÄTER BEI DIR, LADY. ZEICHENZWINKERDINGS O-).
MAX:
HEY ARIANE, ALLES OKAY BEI DIR? DU BIST IN LETZTER ZEIT SO KOMISCH ... WIR KÖNNEN GEMEIN-SAM MIT BARBARA UND FEE GERNE REDEN, WENN DU MAGST. HAST DU LUST, ZUM STRAND ZU KOMMEN? VERGISS DEINEN BIKINI NICHT!
MENSCH, ARIANE, DA BIST DU JA ENDLICH. LOS, ZIEH DICH UM.
OKAY.
OH, ARIANE IST DA!

JETZT ERZÄHL UNS, WAS LOS IST.
HIER.
DANKE. ALSO...

OKAY ...
SO, DU WONNE-PROPPEN, SETZ DICH. NIMM DIR DOCH WAS ZU ESSEN UND ZU TRINKEN.

... UND DAS OBWOHL ICH UNBEDINGT HEIRATEN MÖCHTE ...
... DANN IST DA DIE SACHE MIT RÜDIGER ...
... HERR WEISS ERZÄHLTE MAL, DASS LARRY WOHL OFT FLIRTET ...
... IN MEINEN FRÜHEREN BEZIEHUNGEN WURDE MIR IMMER DAS HERZ GEBROCHEN ...
... UND MEINE ALBTRÄUME WERDEN AUCH IMMER SCHLIMMER ...

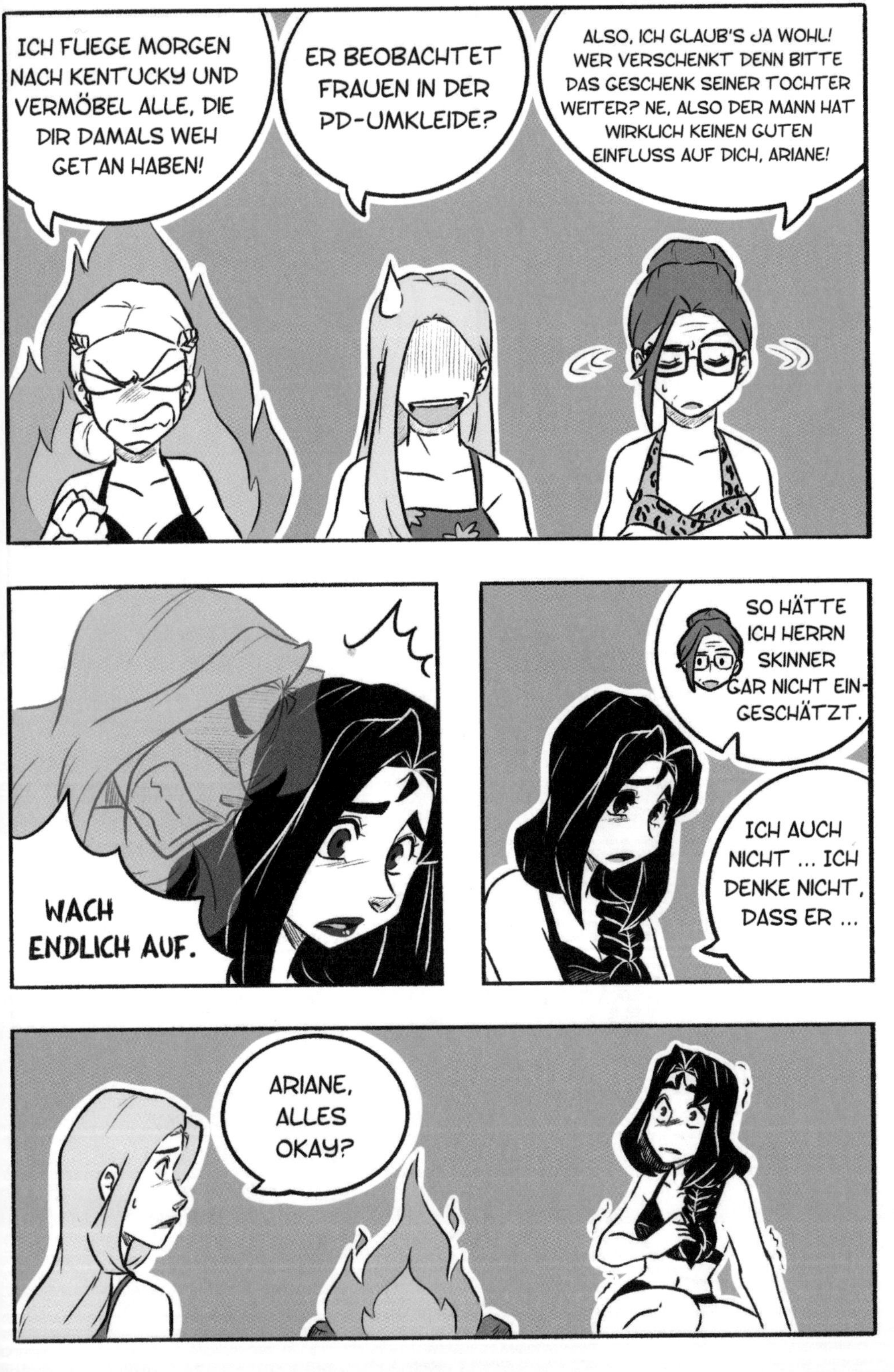
ICH FLIEGE MORGEN NACH KENTUCKY UND VERMÖBEL ALLE, DIE DIR DAMALS WEH GETAN HABEN!
ER BEOBACHTET FRAUEN IN DER PD-UMKLEIDE?
ALSO, ICH GLAUB'S JA WOHL! WER VERSCHENKT DENN BITTE DAS GESCHENK SEINER TOCHTER WEITER? NE, ALSO DER MANN HAT WIRKLICH KEINEN GUTEN EINFLUSS AUF DICH, ARIANE!
WACH ENDLICH AUF.
SO HÄTTE ICH HERRN SKINNER GAR NICHT EINGESCHÄTZT.
ICH AUCH NICHT ... ICH DENKE NICHT, DASS ER ...
ARIANE, ALLES OKAY?

UND JETZT HABE ICH ANGST, DASS ICH MICH WIEDER IN DEN FALSCHEN VERLIEBT HABE.
ICH WOLLTE DOCH NUR DIE LIEBE MEINES LEBENS HEIRATEN.
ICH DACHTE IMMER, DAS SEI ETWAS SCHÖNES UND NICHTS, WAS MAN »ÜBER SICH ERGEHEN LASSEN« MUSS.
ICH WOLLTE … HIER GLÜCKLICH WERDEN.
MEIN BRUDER IST GESTORBEN, BÖSE MENSCHEN HATTEN MICH IM AUGE, DIE VERGANGENHEIT LÄSST MICH NICHT LOS …
UND DER ANDERE IST EINFACH GESTORBEN.
?
ARIANE, NICHT DU BIST DAS PROBLEM, SONDERN ER. MEIN LETZTER MANN HAT MICH BETROGEN, WEIßT DU?

PUH...
OH...
BIEP
LARRY
GESTORBEN? WAS MEINST DU DAMIT?
ÄH...
RING RING
ZUM PIER IN CHUMASH.
HOWDY, MEINE HÜBSCHE LADY. SOLLEN WIR UNS GLEICH TREFFEN?
JA.
WO MÖCHTEST DU DENN AM LIEBSTEN HIN?
ICH MUSS LOS. ICH TREFFE MICH MIT LARRY.
SOLLEN WIR DICH FAHREN?
WENN ETWAS IST, MELDE DICH, DANN BIN ICH SOFORT BEI DIR.
ALLES GUT, ICH FAHRE SELBST.

ER WIRD DIR SOWIESO NUR SAGEN, WAS DU HÖREN WILLST.
ICH BEWAHRE DICH EINFACH NUR VOR DEM NÄCHSTEN GROSSEN FEHLER.
VERLASS IHN. SO KANN ER DIR NICHT WEH TUN.

ARGH!
WACH AUF!
SCREECH~
HUFF
HUFF
DAS WAR KNAPP ...
...

OH, WOW! DU SIEHST GUT AUS, LADY.
HEY.
NA LOS ...
...
LARRY, ICH MUSS MIT DIR REDEN.
OKAY, DARF ICH DICH ABER VORHER NOCH DRÜCKEN? KOMM HER.

WAS IST LOS? WAS BEDRÜCKT DICH?
...
ARI ...
ARI, ICH GLAUBE, DU ÜBERTREIBST DIE SITUATION ETWAS. WIR SIND DOCH GLÜCKLICH MITEINANDER, ICH MAG DICH DOCH SO, WIE DU BIST.
ES WIRD WIEDER PASSIEREN.
LARRY, ... ICH LIEBE DICH... ICH WEIẞ NICHT, OB DU ES GE-MERKT HAST, ABER ICH BIN WIRKLICH NICHT MEHR GLÜCKLICH IN DER BEZIEHUNG.
WENN ICH EHRLICH BIN, SEHE ICH ZWISCHEN UNS KEINE ZUKUNFT MEHR. ICH GLAUBE, ES WÄRE BESSER, WENN WIR UNS TRENNEN.
ER NIMMT DICH NICHT ERNST. DU DREHST DICH IM KREIS. BEENDE ES.

ICH MUSS MICH SETZEN ... FÜHL MICH GERADE GAR NICHT WOHL.
ARI ... ICH WEIß, DASS ICH MOMENTAN NICHT VIEL ZEIT HABE, ABER ...
DAS ALLEIN IST ES NICHT!
ES FÄLLT MIR UNFASSBAR SCHWER, ABER ICH GLAUBE NICHT, DASS WIR IN ZUKUNFT EINE GLÜCKLICHE BEZIEHUNG FÜHREN KÖNNEN. UND DAS AUSZUSPRECHEN, TUT MIR WIRKLICH HÖLLISCH WEH, WEIL ICH SO GERNE MIT DIR ZUSAMMEN BIN.
?
DANN SAG MIR DOCH BITTE, WAS LOS IST.

UND WAS IST MIT ALL DEN FRAUEN, DIE VON DIR SCHWÄRMEN?
DEIN ERSTES GESCHENK AN MICH. HEUTE HABE ICH ERFAHREN, DASS LEE-ANN IHN DIR EIGENTLICH MAL GESCHENKT HAT!
DAS HATTE ICH VERGESSEN ... ARI ... DU WEIßT DOCH, WIE VERPLANT ICH MANCHMAL BIN.
WALTER HAT DAS GESAGT?
DAS HAT HERR WEISS MIR ALLES ERZÄHLT.
UND DENEN, DIE DU BEIM UMZIEHEN IM PD BEOBACHTEST?
ARI, WAS ZUR HÖLLE REDEST DU DA?
ALLES AUSREDEN. WIE DAS THEMA HOCHZEIT.
UND DAS THEMA HOCHZEIT ... WIESO IST ES SO SCHLIMM FÜR DICH?
DER MANN, DER MICH SEIT DEM TREFFEN AM PIER DAMALS MIT ARBEIT ÜBERSCHÜTTET, SODASS ICH DICH KAUM NOCH SEHEN KANN?

WEIL MEINE LETZTE EHE DIE HÖLLE WAR!
...
ICH WILL DAS NICHT ...
ABER ES MUSS DOCH MIT MIR NICHT AUCH SO SEIN ...
ICH HASSE DICH DAFÜR, DASS DU DAS SAGST, WEIẞT DU DAS? DU MÜSSTEST MICH BESSER KENNEN. MEINE LOYALITÄT ZU DIR WAR STETS UNANGEFOCHTEN.
ICH BIN MIR SICHER, DASS DU GANZ SCHNELL JEMANDEN NEUES FINDEN WIRST ...
ER WIRD NACH DIR SOFORT JEMAND ANDEREN FINDEN.
WARUM SAGE ICH SO WAS? ICH WILL DAS NICHT...

DAS WAR'S.
UND ICH HAB ES ERNST GEMEINT.
ICH FAHRE IN DEN NORDEN.
LARRY, WARTE ... WO WILLST DU HIN? DU SOLLTEST SO NICHT FAHREN
DAS HERZ KRIEGT SOWIESO KEINER MEHR ...
VROOOOM
SCREECH
HOWDY ...
SOLL ICH JEMANDEN ANRUFEN ...?

THUMP
WAS ... HABE ... ICH ... GETAN?
SNIEF
SNIEF
UAAAAH!

...

SWUSCH

VROOOM
BIEP
FEE
FEE ... ICH ... BRAUCHE DICH ...
WO BIST DU?
CHUMASH.
KOMM ZUM PARKPLATZ VOR MOLLYS FIESTA, DAS IST IN DER NÄHE.
MOLLYS FIESTA
ARIANE, WAS IST PASSIERT?
ICH HABE MICH VON LARRY GETRENNT.

MOMENT … ICH MELDE MICH MAL AUS DEM FUNK AB …
CHR CHR
ARIANE, HÖR ZU …
WIE FÜHLST DU DICH DAMIT?
NICHT SO GUT …
CHR CHR
FEE …
ARIANE, SETZ DICH.
LARRY …
WAS IST LOS?

VROOOM
WIIIU-WIIIU
LAS SONTAS MEDICAL DEPARTM
LS MD
... HATTE EINEN UNFALL.
ARIANE, DU FÄHRST JETZT NICHT ...
ICH MUSS ZU IHM!
NEIN ...
ARIANE, BERUHIGE DICH ERST EINMAL.
VROOOM
ARIANE!!
SCREECH

MEDICAL DEPARTMENT
HUFF
HUFF
INFORMATIONEN ÜBER DEN PATIENTEN SOWIE BESUCHE SIND NUR NOTFALL-KONTAKTEN VORBEHAL-TEN.
ICH BIN NOTFALL-KONTAKT, SCHAUEN SIE IM SYSTEM NACH!
WARTEN SIE, WO WOLLEN SIE HIN?
LARRY SKINNER, ER WURDE EIN-GELIEFERT.
ICH MUSS ZU IHM!
W-WAS??
ES TUT MIR LEID, ABER SEINE NOTFALL-KONTAKTLISTE IST LEER.
LASSEN SIE MICH MAL NACHSEHEN
...
TIPP
TIPP

ARIANE!
WAR DAS ... GELOGEN?
ARI, MÖCHTEST DU MEIN NOTFALL-KONTAKT SEIN?
AH, DER CHIEF!
DIE LASSEN MICH NICHT ZU IHM!
FRAU BARNES ...
HAT MAN IHNEN MEHR GESAGT?

ABER DIE ÄRZTE GEBEN IHR BESTES.
...
ES SIEHT NICHT GUT AUS.
FRAU BARNES, WARTEN SIE!!
...
ARIANEN!!
WO WILLST DU HIN?!
OH WEH...
KLIRR
DAS IST ALLES MEINE SCHULD.

BOB BARNES

GESPIELT VON HEIDELTRAUT

DIE LEGENDE VON KENTUCKY IST BEI EINEM TRAGISCHEN RAUBÜBERFALL UMS LEBEN GEKOMMEN. SEINE SCHWESTER ARIANE TRAUERT UM DIESEN SCHRECKLICHEN VERLUST. ALS SCHUTZENGEL VERSUCHT ER, ARIANE ZU BESCHÜTZEN.

DARK ARIANE

DIE MANIFESTATION VON ARIANES TIEFSTEN ÄNGSTEN UND SCHLIMMSTEN ERFAHRUNGEN.

ARIANE BARNES

GESPIELT VON PANDORYA

HAT SICH IN LAS SONTAS EIN NEUES LEBEN AUFGEBAUT. EIGENTLICH KÕNNTE SIE NICHT GLÜCKLICHER SEIN, JEDOCH PLAGEN SIE SEIT EINIGER ZEIT ÜBLE ALBTRÄUME. SIE VERSUCHT IHRER DÜSTEREN VERGANGENHEIT ZU ENTFLIEHEN ...

LARRY SKINNER

GESPIELT VON TOTULUS_TV

DER SHERIFF TRÄGT GROßE VERANTWORTUNG FÜR DAS SHERIFF'S DEPARTMENT IM NORDEN UND NIMMT SEINE AUFGABEN SEHR ERNST. OB ER DABEI SEIN PRIVATLEBEN AUFS SPIEL SETZT?

TIFFANY BAKER

ARIANES BESTE FREUNDIN UND KARRIEREFRAU MIT EXZELLENTEM MODEGESCHMACK.

WALTER WEISS

GESPIELT VON HEIDELTRAUT

CHIEF DES POLICE DEPARTMENTS UND AUTORITÄRES ALPHATIER. GENIEßT ES, DAS LEBEN VON ARIANE SCHWER ZU MACHEN, INDEM ER SIE OFT ÄRGERT.

LEE-ANN MAXWELL
GESPIELT VON DAMIONIA
ZIEHTOCHTER VON LARRY SKINNER. EINE BRILLANTE SÄNGERIN UND MEISTERIN DER FLACHWITZE.

ISABELL COLLINS
GESPIELT VON CUTLESS_217
POLIZISTIN UND GUTE SEELE DES POLICE DEPARTMENTS. SIE WAR DAMALS DIE ERSTE, DIE ARIANE BEI BOBS TOD BEIGESTANDEN HAT. ARIANE VERTRAUT IHR SEHR.

FEODORA IWANOW
GESPIELT VON SCHOKOEVI
POLIZISTIN IM POLICE DEPARTMENT. SIE HAT EINEN MARKANTEN RUSSISCHEN AKZENT UND IHR FEHLT JEGLICHES TAKTGEFÜHL. DIE FREUNDSCHAFT ZU ARIANE NIMMT SIE JEDOCH SEHR ERNST.

BARBARA BAHM

GESPIELT VON SORAMOLA

IM HERZEN FÜR IMMER 39 UND ZUKÜNFTIGE BÜRGERMEISTERIN VON LAS SONTAS. MIT EINEM HANG ZUR DRAMATIK ÜBERNIMMT SIE UNFREIWILLIG DIE MUTTERFIGUR FÜR ARIANE UND IHRE FREUNDE.

OMA EDITH

GESPIELT VON MANGASSI

LIEBEVOLLE STIMME DER VERNUNFT UND WICHTIGE PERSON IN ARIANES LEBEN. OMA EDITH BEWEIST, DASS MAN IMMER SEINEN TRÄUMEN FOLGEN SOLL, EGAL, IN WELCHEM ALTER.

DAVID LEROY

GESPIELT VON HEYKUBI

EIN JUNGER TOLLPATSCHIGER FRANZOSE, DEN ARIANE IM PD KENNENLERNT. ER ERINNERT SIE MIT SEINER SPEZIELLEN ART AN IHREN BRUDER BOB UND WECKT IN IHR EINEN BESCHÜTZERINSTINKT.

MAX QUEEN

GESPIELT VON NIKULUS

DRAG QUEEN MIT TEMPERAMENT. AUßERDEM GUTE FREUNDIN VON ARIANE UND ZIEHKIND VON BARBARA.

Die Figuren im Werk basieren (mit wenigen Ausnahmen) auf Charakteren, die von realen Personen auf dem Roleplay-Server LuckyV gespielt werden.

Liste der LuckyV-Streamer*innen in Reihenfolge ihres Auftretens:

Ariane Barnes gespielt von **PANDORYA**
www.twitch.tv/xpandorya

Bob Barnes und Walter Weiss gespielt von **HEIDELTRAUT**
www.twitch.tv/heideltraut

Larry Skinner gespielt von **TOTULUS_TV**
www.twitch.tv/totulus_tv

Feodora Iwanow gespielt von **SCHOKOEVI**
www.twitch.tv/schoko_evi

Oma Edith gespielt von **MANGASSI**
www.twitch.tv/mangassi

Max Queen gespielt von **NIKULUS**
www.twitch.tv/xnikulus

Barbara Bahm gespielt von **SORAMOLA**
www.twitch.tv/soramola

Isabell Collins gespielt von **CUTLESS_217**
www.twitch.tv/cutless_217

Lee-Ann Maxwell gespielt von **DAMIONIA**
https://www.twitch.tv/damionia

David Leroy gespielt von **HEYKUBI**
www.twitch.tv/heykubi

Vielen Dank an alle Spieler*innen und das gesamte LuckyV-Team!

Weitere Informationen rund um den Roleplay-Server finden sich unter www.luckyv.de